U0068628

花開蝶自来

雲霞 著

推薦序一　翔實、感人、生動、風雅——序雲霞的《花開蝶自來》

周愚

美國有一個名叫「四角」（Four Corners）的景點，這個景點名稱的由來，是科羅拉多州、新墨西哥州、亞利桑那州和猶他州四個州的邊界至少各有一條直線，四條直線正好在這裡交叉，形成了一個「四管」也「四不管」的地帶。

四角是一個冷門景點，在美國的知名度本就不大，又因地處過於偏遠，鮮少有人注意到它，華人更是知道它的人都不多。而我卻對這個地方非常好奇，二〇〇八年暮春，心血來潮，決定與妻前往一遊。距四角最近的城市是新墨西哥州的第一大城阿布奎基市（Albuquerque），於是我就買了兩張由洛杉磯往返的機票，並在網路上訂了旅館和租車。

行前幾日，很巧吳玲瑤來電話，言談間，和她談起我要去四角之事，我說我去的地方沒有一個中國人，不料她卻說不但有中國人，而且還是位女作家，名叫雲霞，並說可以把我們要去的事告訴她，請她在那裡接待我們，這使我感到意外的驚喜。玲瑤同時也把這位女作家的電話告訴我，我便和這位素不相識的女作家雲霞連絡上了。

按計畫起程，在阿布奎基市和雲霞見了面，蒙她和她的夫婿趙先生熱情款待。言談中，她說雖是吳玲瑤介紹我來，其實她和吳玲瑤並未見過面，我才是她第一個見面的在美國的文友。我們談得很投契，但因我們需在天黑前趕到四角，於是他們請我們在阿布奎基最著名的墨西哥餐館El Pinto享用了一頓自助午餐後，便匆匆話別，結束了這第一次的見面。

兩年後，二〇一〇年五月，我應華府一個文學社團之邀前往演講，我決定自己開車橫跨美國前去，而且捨棄較近的美南路線，改走偏北的路線，繞道新墨西哥州，就是為了要再度造訪雲霞。那時她剛遷了新居，而我們則是他們新居的第一個訪客。我們觀賞了他們在後山種植的許多花草樹木，他們又請我們吃了一次豐盛的自助餐之後，我們就匆匆趕路，結束了第二次的相見。

此後的幾年裡，雲霞也因參加文學會議，兩度偕同夫婿前來加州，也都到我們家來作客，但也只是一兩天的停留。

我們去，他們來，這四次短暫的相聚，現在算起來，竟歷經了整整十年的時間。按正常情形來說，十年只見了四次面，而且每次見面的時間都非常短暫，彼此之間應該還是相當陌生的。但實際上，因為我和她都常有文章在報上發表，所以我和她經常可在「報上見」；更因拜資訊科技之賜，又能經常在「電腦上見」，所以十年來，和她之間在感覺上是毫無距離的，和經常能見面的朋友並沒什麼兩樣。

幾天前，我接到她的來信，告訴我她要出一本散文集《花開蝶自來》。出書對她來說並不是新聞，她早已有《我家趙子》、《人生畫卷》、《天地吟》等著作行世，並與女作家荊棘合編了「海外華文女作家協會」的文集《世界美如斯——海外文學織錦》。而令我意外的是，她要我為她的書寫序。

這使我感到喜憂參半，喜的是被好友賞識；憂的是怕壞了好友的事。經過一番掙扎，感情戰勝了理智，終於鼓起勇氣，大膽地答應替她寫。

收到她寄來的文稿，打開一看，首先讓我感到一陣驚喜，因為裡面有一篇的標題是〈鐵漢柔情——我心目中的周愚〉。這是三年前她所寫發表於「北美華文作家協會網站」上的一篇文章，裡面雖有許多溢美之詞，但好友的好意當然令我非常感激。而這次她又把這篇文章收錄於她的書中，不但如此，又因她也對大師級的人物瘂弦、席慕蓉等人寫過報導，這些報導也收錄在這本書中，而我的這篇竟能與文學大師們排在同一輯中，怎不令我感到萬分光采！

繼續往下看，全書共分為「文學天地」、「回憶與追思」、「生活剪影」、「天涯行腳」四輯。在「文學天地」裡，除了前文我已敘述過的對瘂弦、席慕蓉的報導外，還有悼念余光中的文章，和她參加「海外華文女作家協會」雙年會的報導等篇，篇篇翔實。「回憶與追思」中，則是對父母的思念，回憶她在台南女中唸書和在台南公園悠遊的日子，還有悼念女作家喻麗清，和在白色恐怖期間因山東流亡學生事件遭到處決的張敏之校長的夫人王培五老師等多篇，篇篇感人。「生活剪影」中，包括了作為書名的〈花開蝶自來〉這篇，敘述的是她由加拿大遷往新墨西哥州，景物遽變下的心中感受，和如何適應新的環境，和把新家布置得美輪美奐的經過，以及與鄰居的互動，她的腳遭到骨折的痛楚與忍耐等篇，篇篇生動。

「天涯行腳」則是她和夫婿趙先生暢遊亞，歐、非、南北美洲的見聞，其中最特殊之處，則是每一處景點，她都配一首詩或漢俳詩加以描述，因此益顯景致之美，這一輯裡的各篇，篇篇風雅。

因此，若要對她這本書的四輯各以簡單的兩個字來給予評語，那就是：「翔實」、「感人」、「生動」、「風雅」。

雲霞寫作極勤，出了這麼多本書，其實她在網路上發表的文章更多。她曾被「台灣本土網路文學暨新文學主義時代」提選為首屆「優秀台灣本土網路散文作家」。對她的評語則是「文字親切樸實，筆觸細膩溫馨」。

雲霞的文筆這麼好，國學功力這麼深厚，我猜讀者一定以為她是讀中國文學系的吧！正好相反，她是台大外文系畢業的。中、英文的造詣都這麼深，真令人欽佩啊！

雲霞不但寫作勤，也忙於社團活動和為社團服務，她曾任「海外華文女作家協會」財務長及秘書長，她還是「北美華文作家協會聖地牙哥分會」的會員。

雲霞本名銀代霞，雲霞是她的筆名。這個稀有姓氏，我還沒見過第二個。雲霞祖籍四川，但成長、就學都是在台灣。到加拿大後，在銀行工作了三十年，搬來新墨西哥州後才退休。她的生活極為豐富，除了相夫教子外，據我的觀看，她有三大例行的工作：第一當然是寫作；第二是經營庭院，種花植草，蜂蝶自來；第三最使人羨慕，就是她和夫婿每年至少都要出門旅遊四、五次，幾乎走遍了整個世界，而每次旅遊歸來，必有佳作發表。

《花開蝶自來》這本書裡的所有篇章，我都曾在報上和她的部落格上拜讀過，這次要為她寫序，當然又都看了一遍。看第二遍由於是一氣呵成，因此比起看第一遍時要顯得緊湊，也更覺趣味盎然。也就是說，這本書絕對值得一讀再讀。

在此，我為好友出版新書感到欣喜，也鄭重地向讀友們推薦這本好書。

二〇一八年暮春　寫於美國加州洛杉磯

推薦者簡介：

周愚本名周平之，空軍官校戰鬥飛行科，軍官外語學校英文系及日文系，三軍大學空軍學院，美國空軍戰術學院武器管制官及電子作戰官班畢業。曾任飛行官，分隊長，中隊長，國防部禮賓官等職，上校階退役後轉往民航界，任遠東航空公司業務副主任。

一九八二年來美，從事業餘寫作，在美、加、台、港、星、馬、泰、中國大陸發表作品三百餘萬字，著書十九冊，曾獲洛杉磯地區傑出華人成就獎，聯合報徵文報導文學獎，中國文藝協會「五四」文藝獎，中國大陸世界華文文學雜誌小說一等獎，中華民國建國百年徵文比賽第一名，美國國家電視台華人百傑金鼎獎等多項殊榮。

平時熱心於社團服務，曾任北美洛杉磯華文作家協會會長，北美華文作家協會總會副會長，空軍官校校友會會長，洛杉磯空軍大鵬聯誼會會長，榮光聯誼會會長等義工職務。

推薦序二　花開蝶舞、彩霞滿天

蓬丹

多年前曾在世界日報家園版讀到一篇文章，內容敘述家人製作的一種沾醬，美味令作者念念不忘，也讓我這讀者印象深刻，不僅因為作者文筆生動鮮活，將庖廚小食形容得齒頰生津，字裏行間洋溢的親情，更化家常瑣事為一則溫馨精緻的散文。作者雲霞的名字有些陌生，但我從此記住了。

二〇〇八年，海外華文女作家協會在美國賭城開雙年會，報到當日的晚宴上，一位端莊娟秀、笑容可掬的女士向我走來，客氣地說：「我是雲霞！很高興認識您！」初次見面，得知她來自新墨西哥州，我頓生某種親切感。想是因著許多年前，我曾造訪那片著名美國女畫家歐姬芙迷戀的土地，對於新州高而亮的天空，地平線邊緣起伏的丘陵與清朗的山色亦至為鍾情。我直覺以為，選擇這樣一個靈氣之地居住的女作家，必然擁有一顆多情的玲瓏心吧？

由於開會議程緊湊，我並應邀參與一些小型討論，沒能與雲霞進一步交流就分手了。但此後，我開始在報章上讀閱她的作品，我的直覺沒有錯，居住在華人不多、有著高曠天空與清明氛圍的城市，雲霞的作品沒有紅塵大都會的煙火氣，行文走筆間總是流露著款款深情，人文風物、居家生活、園圃種植……在在充滿了美善與樂趣！

由於幾度缺席女作家年會，我們再次見面竟已是二〇一五年。洛杉磯文友伊犁與我一同應聖地牙哥作家協會的朱立立會長之邀，來到這海邊的優美城市。行前才知雲霞也將與夫婿一道前來，並分享寫作心得。闊別數年，見面卻無絲毫疏離感，正式的寫作交流會後，我們在立立的濱海樓眺望藍天碧波、盡情談天說地，次日一起赤足在沙灘上臨風踏浪，度過兩天詩意浪漫的愉悅時光。

這次見面，雲霞以一冊《天地吟》相贈。展卷閱覽，田園詩、浮世詞、蘭亭歌、思親賦、海天頌，這些分門別類的美麗篇章，使人感受到作者澄明寫意的生活情境，與恬適悠然的文學心境。這冊書帙出版於二〇一四年，今年春天，雲霞告訴我她又有一本書稿完成，這是她的第四本著作，《花開蝶自來》的書名，讓我感覺她的文字功力已然更上層樓，在人生行旅中挖掘出更多證悟，進入了一種新的層次。

這本書分為文學天地、回憶與追思、生活剪影、天涯行腳四輯。仍然以一貫清雅的文筆、細膩的感思、流暢的敘述、詳盡的描寫，記錄生命成長的痕跡、交往的人物與值得懷想的經歷。她以翩翩如彩霞的文字娓娓道來，也不禁令人感佩作者心思緻密，有些常人可能不會去注意的細節，她都能完整描畫，這不僅說明作者記性好和觀察力強，也意味著她對人事物的關懷程度，以及對書寫的認真態度。

當我讀到〈花開蝶自來〉這篇被用作書名的文字，我才了解，原來定居新墨西哥州並非作者首選，而是為了先生的工作，必須辭離他們久居且早已融入當地生活的加拿大。初抵陌生的地域，雲霞也曾因不適應而情緒極為低落。在曲折迂迴的心路歷程中，她終於意識到休戀逝水的必要，一切已經回不來了，於是斷然揮別過去。定心提筆，重拾學生時代的作家夢，找回生活的重心，開始重新打量居住的城市。原來，拋去執著，換個角度看事情後，一切與前大不同，心境也隨之欣然舒朗。

雲霞在《天地吟》以及《花開蝶自來》這兩本書冊中，都用了整章篇幅描寫父母親恩，那是一幅父慈子孝的美滿天倫圖，作者在人生歷程中一心向上、努力求好，成就了自己的美滿人生，讀者可以感受到作者對親情的赤誠、對萬物的愛心，我以為那一定是來自於和樂家庭源源供應的正能量！

文友們咸認為雲霞的旅遊文字寫得十分出色。新書中，我們看到她與志趣相投的夫婿比翼並肩，在世界各地尋幽訪勝、遊山玩水。文章中細密的布局、詳實的描繪讓讀者有如身歷其境，跟隨他們的腳步行走天涯。

我覺得有一句關於《天地吟》的點評，也十分適用於《花開蝶自來》這冊新書：「此身，立於此，看天看地，對吟歌唱！」此際，走出了失親傷痛，對生命流轉有更深體悟因而更能放懷高歌的作者雲霞，再度以她雲淡風輕的怡情之筆，引領我們欣賞一個花開蝶舞、彩霞滿天的桃源美境！

二〇一八年五月　於加州洛杉磯

推薦簡介：

蓬丹，本名游蓬丹，祖籍福建寧德，畢業於國立台灣師範大學社教系，後赴加拿大深造獲商科學位。八十年代移居美國，歷任採購經理，英語教學主任，文藝刊物主編等職，曾多次規劃文藝活動服務社區及文友。經常應邀擔任各項文學講座主講人。一九九一年任北美洛杉磯華文作家協會創會會長，現為監事。同年加入海外華文女作家協會為永久會員。

蓬丹之創作以抒情感性為基調，著重於提昇生活品味與尊重生命價值。著作包括散文集《投影，在你的波心》、《虹霓心願》、《流浪城》、《花中歲月》等，小說集《未加糖的咖啡》、《每次當我想起他》，傳記文學《追求完美的藝術大師米開蘭基羅》，報導文學《詩書好年華》，詩集《丹心詩絮》等共十三部，曾獲海外華文著述首獎、台灣省優良作品獎、中國文藝獎章、世界海外華文散文獎、辛亥百年文藝創作獎等獎項的肯定。

自序　人若精彩、天自安排

知我生活忙碌常深夜寫作又需早起的好友曾問：「妳還在寫，不累呀？別把身體弄壞了。」記得曾在文友蓬丹的文章裡讀到：「一個有文化素養的社會才是有希望的社會。相信文學是一粒火種，只要它不熄滅，這個社會就會有光有熱。」相信是抱持著與她同樣的信念，加上深受中文所散發出的迷人魅力所吸引，就這麼不顧睡眠持續地書寫下去。

我同時在想：世上萬物與草木同朽，唯有文字可以流傳，說不定來世會與自己的作品相遇呢。不管是否有來世，但今生努力創作，寫文章、出書應是正面的思維，何況於生活中見到美好的事物時，總捨不得日後遺忘，於是，提起筆來一一記下當時令人心動的感受。

自從加入海外華文女作家協會以來，我多半在開雙年會前出書，尤其今年的會議將在台北舉行，心想回到故鄉，怎好空著手？所以年初即將所有發表過的文章集中，著手進行彙編整理，準備出書。

每篇細讀後一一歸類，將之分為四輯：「文學天地」、「回憶與追思」、「生活剪影」與「天涯行腳」。再讀過程中，於「文學天地」裡，重溫二〇一四年在廈門開會的空前盛況、二〇一六年遊輪上開會的溫馨、文友間誠摯的互動與詩人余光中過世的悲憾等；「回憶與追思」裡，重享父母親情的甜蜜與重嚐失去他們的椎心之痛、回憶於台南公園及台南女中歡愉成長與學習的歲月、悼念王培五老師、黃美之與喻麗清兩位文友；「生活剪影」裡，回顧現居城市裡的所見所思與所感、還有骨折帶來的痛苦與不便、返多城掃雙親墓及與親人暖心的團聚、鄰居領養中國兒童所展現的無私的愛等；「天涯行腳」裡，重遊先生與我攜手走過的城市，不管是東方或西方，每個城市都有它各自的特色。行旅中，除了了解各地的風土人情、增進文化、歷史與地理方面的知識外，更豐富了視覺與心靈的雙重饗宴，給平淡的生活留下了美好的回憶。

幾度思量，終選定用「生活剪影」輯裡的首篇文章〈花開蝶自來〉當書名，源自於當初看到「花若盛開，蝴蝶自來。人若精彩，天自安排。」這句子時，頓有所悟。花若盛開，自會吸引了蝴蝶循香氣飛來，不用拿著網子刻意去追捕它；人若先努力完善自己，豐富自己的內涵，創造了自然的吸引力，被你吸引的人自會像蝴蝶一樣翩翩前來，你會發現一切上天都會有最好的安排，這勵志語句鼓舞我們應先好好努力充實自己方是正道，且啟示我們生命中的一切所願，應該用「吸引」的方式來完成。

何其有幸能蒙享譽文壇的周愚與蓬丹百忙中為我寫推薦序，給此書添色增輝，對他們的隆情厚誼深深銘感於心。

認識他們是先從文字開始。那時剛移民國外，人生地不熟，經常在報刊看他們發表的文章，以慰思鄉寂寥之苦。從沒想到有一天能近身交談並請益，人與人之間的緣分，真是微妙！

周愚，為人十分熱忱。空軍官校畢業，移民來美，走上業餘寫作之路，得獎無數，成果輝煌。退休後，依舊寫作不輟。近年來，更是重溫當年空軍官校生的超群舞藝，與住洛杉磯的文友們每月舉辦舞會同樂，活出文舞雙全的精彩人生。令人羨慕與佩服！

蓬丹，文雅嫻靜，端麗中流露出腹有詩書氣自華的氣質。熱心服務於各種文學活動，曾是北美洛杉磯華文作家協會創會會長，現為監事且身兼北美作協網站主編。文筆清新淡雅，我尤其喜歡她描寫荷花的文章，婉約雋永，讀後餘韻無窮。如同她，我亦十分喜愛荷花。心有靈犀，曾寫了一題兩首的荷花漢俳詩遙相呼應：

〈荷香流年〉

盈一懷溫軟
剪一段荷香流年
鋪一世清歡

素影伴清顏
悠悠恬淡度華年
心念碧荷間

去年受邀加入《風雅漢俳群組》，饒有興味地開始學寫這「五、七、五」句型的詩歌。今年加入《鳳凰詩社》，於詩的領域裡觀摩學習，冀拓展視野與詩懷。在這本新書裡，除了抒情散文、散文式小說、遊記與會議紀實報導外，亦加入了好幾首漢俳詩。

漫漫文學路上，先生全心鼓勵、協助及陪同我出席作協會議，並常給我的文章提供寶貴的意見。感謝他的一路相伴！

蒙秀威資訊科技公司責任編輯杜國維先生及其團隊的精心編輯、排版與設計，此書方得以優雅地面世。對他們數月來的辛勞，深致謝意。

衷心感謝親朋好友、同學、作協的文友、部落格的格友與不相識的讀者們對我的一貫支持與愛護。

謹藉此書祝福所有人都有個花開蝶舞的美好人生！並以「人若精彩，天自安排」這八個字來與大家共勉！

二〇一八年暮春　於新墨西哥州

目次

輯一　文學天地

輯二　回憶與追思

輯三　生活剪影

輯四 天涯行腳

輯一
文學天地

1.「與大師有約」——初見席慕蓉（席慕容）
2.弦外知音——「與瘂弦、楊弦有約」（活動看牌）
3.弦外知音——「與瘂弦、楊弦有約」（瘂弦朗誦詩：鹽）

1	2
3	

1.從陸地到海洋的文學論壇——第十四屆海外華文雙年會紀實
2.錦繡大地——海外文學生活綜觀（荊棘與雲霞主編）
3.鐵漢柔情——我心目中的周愚（周愚、周夫人與作者雲霞）

1 | 2

1.在茫茫的風裡——敬悼詩人余光中（左起：林丹婭、張純瑛、荊棘、雲霞、張棠、張鳳）

2.在茫茫的風裡——敬悼詩人余光中（余光中）

與大師有約——初見席慕蓉

自從得知學貫中西的名詩人余光中與身兼詩人與畫家的席慕蓉將受邀成為海外華文女作家協會二〇一四年雙年會的主題演講嘉賓後，我好興奮，天天期盼著這天早點到來。

大會於十月二十四日至二十六日在「中國最美的校園」——廈門大學舉行，除了女作協來自全球的一百二十人，尚有大陸、台灣及香港地區嘉賓約三十人，共一百五十餘人參與盛會。二十四日，執行長張純瑛、副秘書長張棠與負責財務的我，在逸夫樓全天忙著接待紛紛來報到的會員。

次日，匆匆用完早餐即趕往克立樓，參加八點半於三樓舉行的開幕典禮。當一踏入大樓，看見滿滿的人潮時，我目瞪口呆，別說乘電梯上去，簡直是寸步難行，即使旁邊的樓梯亦擠得水泄不通，這群讀者都是慕余光中和席慕蓉的盛名而來。我當機立斷，放棄電梯，奮不顧身地朝樓梯前擠，帶著歉意迭聲說：「真對不起，請讓讓路，我們是來開會的。」終於朝樓梯口一小步一小步挪進，上了三樓！

僅能容納四百人的會議廳，竟來了千把人，許多會員都沒位置，原來兩位詩人的粉絲們有的清晨四點就來排隊，沒想到他們對詩文追求的渴望這麼熱烈，簡直太令人驚喜了！曾憂心文學、包括詩歌，因多媒體興起而式微，看眼前這景象，它們何曾沒落？

聯合主辦此次會議的廈門大學語言研究所所長林丹婭教授立即宣佈：會議分為兩場，上半場純為開幕式，下半場的主題演講改至有四千座位的建南大禮堂，請慕名來的讀者們按秩序慢慢退出，轉到建南大禮堂。

開幕式結束，大家移往建南大禮堂。坐定後，環顧四周，依舊是黑壓壓坐滿了人。兩邊的大屏幕開始現出席慕蓉寫的《出塞曲》，蔡琴的歌聲也隨之響起，全場頓時安靜下來。

穿著一襲黑色洋裝，外罩湖藍色外套，頸間綠色絲帶項圈繫著一塊淡綠色的玉墜，渾身散發出高雅氣息的席慕蓉，雍容端莊地步上了講台，以傾注她滿懷思鄉之情的《出塞曲》，導引出主題——《我的原鄉書寫》。

她口齒清晰，說話不急不徐，在平穩淡定的聲調中，掩不住的是滿心對血脈原鄉蒙古濃烈的魂牽夢繫。她憶起初二時的一堂地理課，老師以嘲諷的口吻講述蒙古，同學們哄然大笑，刺傷了她的心。對家鄉一無所知的她無從反駁，體認到自己這少數族裔的身分後，開始有了對原鄉尋根的追問。

一九七九年她寫《出塞曲》時，還沒去過蒙古，僅憑想像寫出的思鄉情懷，應可說是她父母親的鄉愁。詩中，原寫的是「英雄騎馬壯，騎馬歸故鄉」，她喜歡一個人慢悠悠地騎馬回到故鄉的感覺，可是在尚未解嚴的台灣，這「歸故鄉」有逃跑之意，政治影響文學，於是被改為「騎馬榮歸故鄉」，增添了凱旋榮歸故里的豪壯，以符合當時情勢。

一九八九年第一次踏上內蒙古，看到如波浪般起伏的草原時，她忍不住一直尖叫，那一刻，像走在自己的夢裡，她是從她的身體、皮膚、直覺裡，感到她真的來過。一直很喜歡畫一棵樹，孤零零地拖著長長的影子，沒想到真的就看見那麼一棵樹，在夕陽下，影子拖得長長的，長在父親的草原上！

往昔，她的詩作多半是關於花、愛情、青春年華。然而，這一年的蒙古行，成為她創作的分水嶺。她的作品風格轉為對莽莽草原的憧憬、原鄉蒙古的愛戀。從此，她不再活在父母的鄉愁，而是自己的鄉愁裡！日後一遍遍踏上歸鄉之路，開啟了她的原鄉書寫，計出版有《我的家在高原上》、《江山有待》、《大雁之歌》、《金色的馬鞍》、蒙文版《胡馬・胡馬》、《寫給海日汗的二十一封信》等書與詩選《時間草原》、詩集《邊緣光影》等。

她深深被蒙古族文化所吸引，她說：「蒙古族文化就像我生命中的火種，已經燃燒起來了，所以我是個燃燒的蒙古人。」從此，她關注豐富的游牧文化，「牧民、草原和牲口之間已形成了和諧的生態，把草原還給大自然的禁牧，實際上是干擾了草原的自然循環。」以前她外出，常帶一本詩集，現在她更多帶的是蒙古史書。

當她結束了演講時，大家仍意猶未盡地沉浸在蒙古大草原裡，不捨地看著她優雅地步下了講台。

當晚，她為廈大學生做了場專題演講《我的文化信仰》，演講地點一改再改，由原先容納較小的人文學院南光一〇一會議報告廳，到廈大圖書館五樓，再到容納四千人的建南大禮堂，可是竟來了六千人之多，別說是走道，連窗上都掛滿了人，簡直是盛況空前。學校隨即開放多個大廳，進行視頻直播，以緩解這沸騰的文學熱潮。

當席慕蓉一走進大廳時，現場立即爆發出久久不息的掌聲。感謝粉絲們的熱情等待，她朗誦了兩首大家喜愛的詩：〈一棵開花的樹〉與〈山路〉。會場鴉雀無聲，眾人聽得如醉如痴。很多人以為〈一棵開花的樹〉寫的是男女間的愛情，其實是有一次她乘火車經過苗栗山間，在從一個長長的山洞出來後，無意間回頭朝後面的山地張望，看到坡上有一棵油桐開滿了白色的花，她好感動，心想怎麼有這樣一棵樹，這麼慎重地把自己開滿了花，像華蓋一樣站在山坡上，於是對它寫下了這首情詩。

二十六日的議程中，「與大師有約」單元，由姚嘉為主持，開放給文友提問。有人問席慕蓉最喜歡的詩集是哪一本？她選擇《邊緣光影》。她哽咽地說，為原鄉，她訪問過許多人，就是沒有訪問過自己的父親，從來沒有問過父親，當一個生命被分裂成兩半時，他怎麼活了過來？父親過世百日，她寫下這首詩時，只能揣測，卻再也無法親自問了。說至情深處，那份痛悔，讓她忍不住拿出面巾紙拭淚，不只是我，許多人都濕了眼眶，也拿出面巾紙頻頻拭淚。在與她這零距離的接觸中，一股親切貼心的暖流緩緩在心間流淌。

大會圓滿結束，能參與這場文學盛筵，實在是好幸福，尤其親炙了席慕蓉的風采！不管是她的人、她的詩或她的畫，處處皆蘊含著真純、柔和、優美、典雅與婉約。僅係初見，對她卻生出種早已相識的感覺。雖然才別離，我已開始憧憬翹盼著能有一天與她再結緣，再次相見！

《一棵開花的樹》，在心底響起：

如何讓你遇見我　在我最美麗的時刻
為這　已在佛前求了五百年
求佛讓我們結一段塵緣
佛於是把我化做一棵樹
長在你必經的路旁　陽光下
慎重地開滿了花
朵朵都是我前世的盼望
當你走近　請你細聽
那顫抖的葉是我等待的熱情
而當你無視地走過
在你身後落了一地的
朋友啊　那不是花瓣
那是我凋零的心

弦外知音——與瘂弦、楊弦有約

南加州詩歌藝術節

我們半夜三點起身，駕長車，踏遍四十號公路，來個九百哩路雲和月，從所居地新墨西哥州朝洛杉磯進發，前往參加四月二十日－四月二十三日在洛杉磯與聖地牙哥舉辦的「二〇一四南加州詩歌藝術節」。

這活動定名為「弦外知音」，貼切極了。它是由美國中華人文磚基金會策劃主辦，文化部與台灣書院贊助，美西華文學會、南加州寫作協會、聖地牙哥作家協會、聖地牙哥中華藝術協會，與許多個藝文協會、中文學校等協辦。請著名詩人且擁有豐富報刊編輯經驗的瘂弦先生，來分享他的詩作、編輯生涯及台灣文壇憶往。另一位則是台灣「校園民歌之父」楊弦，他曾譜曲並演唱過許多現代詩，啟動了台灣七〇年代的校園民歌運動，以現代詩譜曲演唱，從他開始蔚為風氣。享譽文壇、樂壇的他們，使得這場詩歌音樂盛會，成為名副其實如詩人余光中所寫的《詩與歌的珍珠婚》。

大會在洛杉磯聖蓋博希爾頓酒店舉行，由美西華人學會會長廖茂俊主持。一位身著長旗袍的美麗秀雅女士，在古典琵琶樂聲中，表演茶藝，以茶香拉開了序幕。表演完，嘉賓上台，由左至右坐著~南加大教授張錯、作家潘郁琦、民歌之父楊弦、編劇家張永祥、詩人編輯家瘂弦、作家張全之、作家周愚及磚基金會執行長王曉蘭，她亦是此文學與傳承系列演講的召集人。

表演茶藝的女士將茶一一獻給台上嘉賓，以示禮敬後，由嘉賓們來介紹瘂弦的生平、詩作，以及與瘂弦結緣的經過等。每位嘉賓皆是藝文界中的翹楚，得獎無數，成就令人十分敬佩。有這麼出色的「綠葉」，襯出主講的瘂弦，更是不同凡響。

久聞瘂弦的幽默風趣，果然，當他講述六〇年代的台灣，很想向世界展示自身，邀請美國赫赫有名的拳王喬・路易斯來台訪問。當拳王剛下飛機，進入休息室，蜂擁而上的記者群中，有位記者即熱切地問其感受如何，拳王回說“So far so good!”，第二天即見報上刊載，拳王說：「台灣如此遙遠，又如此美好！」頓時，會場爆出轟然大笑。

瘂弦於一九四九年隨國軍來台，從二等兵、與張默及洛夫共創《創世紀》詩刊、編《幼獅文藝》起到成為聯合報叱吒風雲的「副刊王」，帶動了台灣文壇的蓬勃發展。他津津樂道在《創世紀》時期，大家熱情很高，不拿稿費，時下年輕人飆車，他們那時是飆詩，他曾創下一天寫六首詩的記錄，顯而易見，他將生命融入了詩歌中。他說詩人是一輩子的，「一日詩人，一世詩人」，詩成為他一生的信仰。

他後來將工作重心轉向編輯，將編輯意義看得非常莊嚴，花很大工夫去做。認真看待來稿，親筆覆信，鼓勵新人，提攜後進。他不認為編輯是為人作嫁衣裳，而是一種偉業！

瘂弦還提及前幾天世界副刊發表了他寫的一篇文章《大融合》，論從歷史發展條件看華文文壇成為世界最大文壇之可能。他說：「據統計，現今華人人口佔世界第一位。全球有四分之一的人使用中文。通常，一種文字年代久了，就會趨於老化甚至死亡，只有中文，可以與時俱進，歷久彌新。它能因應時代變化，任你拉長、壓扁、扭斷、打碎，但一經重組，就可以創造出新的可能，煥發出新的光芒，如此靈敏活潑的語言機能，最適合文學的表達。以我們的人口，漢字傳播的普遍，加上我們在國際文壇上的熱烈參與，我們有足夠的條件，建立一個世界文學史上從來沒有出現過的漢語大文壇！」

紅潤的臉上，散發出熱切、期待與自信的光芒，他心中燃燒著那把熱愛中國文學的熊熊烈火，令人動容！

演講結束，休息過後，開始晚宴及詩歌音樂晚會。由一群著唐裝的兒童與少年首先出場，表演詩經朗誦。小小年紀詩經琅琅上口，真不簡單，想必詩經之美已在他們心田萌芽，假以時日，定能茁壯成長。幾位學院裡學中文的外國學生，亦上台朗誦，雖未能字正腔圓，可以看出他們對學習中文的盎然興趣。聖地牙哥作協的會長朱立立（荊棘）與杜丹莉亦清亮地朗誦了首新詩《摘星的少年》。節目裡除了詩歌、唐宋古樂、舞蹈、歌唱外，還請來徐志摩嫡孫徐善曾先生，與久違了的昔日影視歌三棲明星，現為洛城音樂老師的鄒森。徐先生以英語向大家致簡短辭，鄒森則為大家吟詠古詩赤壁賦的一段並演唱了一首歌。

駐洛杉磯台北經濟文化辦事處的處長令狐榮達先生頒「文學薪火相傳貢獻獎」給詩人瘂弦，「校園民歌貢獻獎」給楊弦與江文山，表揚他們的成就。瘂弦朗誦他的詩，作為晚會上半場的結束。

下半場是校園民歌史話篇。一九七五年，楊弦、胡德夫在台北市中山堂演唱余光中的《鄉愁四韻》等八首現代詩，展現了中國音樂嶄新的一章，現代民歌運動於焉開始。興盛時期，帶動了「全民吉他運動」，找個空曠角落，拿出吉他，大家一起唱，成了年輕人最喜歡的休閒活動之一。可惜日後唱片公司一窩蜂推出許多風格相似、內容空洞的作品，加上民歌手出國、就業，淡出歌壇，而少數留下來的，為因應環境的變化，調整了演唱風格。八〇年代中葉，「民歌」式微，漸漸成為歷史名詞。不過當年奠定下的堅實基礎，讓台灣流行音樂擁有長期發展的雄厚資本。

楊弦今晚演唱為詩人余光中、席慕蓉、羅青等人作的曲，介紹民歌時期主要人物李雙澤、李泰祥及他們的歌。他特為這次的詩歌活動，將痖弦於一九五五年寫就，頗有深意的《地層吟》譜好了曲，由南加大台大合唱團的鋼琴家鄭英傑幫忙寫合唱的樂譜，鄭先生並為台大合唱團的演出做伴奏。這首曲，非常動聽，耐人回味。

接著由洛杉磯著名的音樂老師，享有民歌、情歌王子之稱的江文山為大家帶來多首熟悉悅耳的曲子，他邊彈吉他邊唱，那富磁性的嗓音，聽得大家如醉如痴，真希望他一首接一首不停地唱下去。

音樂詩歌晚會結束，下面是「往日情懷——懷舊舞會」。來此前接朱立立來信，她說王曉蘭要我們晚宴時穿長旗袍，營造氣氛。我如約帶來，於晚宴前換上。很久沒跳舞了，對這懷舊舞會滿懷憧憬，幻想著上海百樂門舞廳的場景。由於晚宴延誤開始，待舞會開場時已晚。朱立立說聲我們現在就走吧，因為開到她所訂的旅館至少還需半個多鐘頭。不熟悉路，怕車不好開，加上我們還沒辦理旅館入住手續，於是未曾下舞池，遺憾地起身離開。此時忽然聽見樂隊演奏國語老歌——「海燕」，嘹亮的歌聲唱著：「我歌唱，我飛翔，在雲中，在海上……」，正要邁出門的腳又收了回來，忍不住停下，我跟先生說：「讓我聽完這首歌，再走吧！」

記得第一次聽這首歌時，我七、八歲，看康樂隊在台南公園的音樂台上，載歌載舞，那歡欣的氣氛讓我立下第一個心願：長大後，我也要當康樂隊員。當然，一路唸書順遂，這心願只能隨著歲月深埋心中。

聖地牙哥作協／聖地牙哥中華藝術協會

第二場演講是聖地牙哥作協，於《華人》雜誌的發行人馬平提供的場地舉行。任教南加大比較文學與東亞文學系的張錯教授介紹瘂弦，朱立立與王曉蘭主持，瘂弦笑稱張錯是來給他護航的。當晚的主題是副刊文藝，大家深受吸引，專注地聽著。他以貫有的幽默熱絡了現場氣氛。會後與大家交流時知道作協會員李克恭先生是河南人時，老鄉見老鄉，並沒有淚汪汪，開心地以鄉音交談，拉近了距離。李先生真有心，日後還將瘂弦於聖地牙哥的演講錄好音與會員們分享。

來這兒演講之前，他還先去了新華書店，接受聖地牙哥記者李大明的採訪。他闡述成功詩人應有的三種境界：從表現「小我」到「大我」，再從「大我」到「無我」，並強調寫作要有嚴謹的態度。

第三場是中華藝術協會於卡梅爾谷圖書館舉行，由張錯教授與任教加大聖地牙哥校區比較文學與東亞文學系的葉維廉教授介紹，會長周瑾主持。瘂弦演講主題：往事最堪回味——台灣六十年文壇憶往。他提及當年從軍、辦創刊至今已是六〇年的《創世紀》經過，及許多名家——梁實秋、孔德成、屈萬里、臺靜農、郎靜山、鄭騫、莊嚴、顧獻樑、俞大綱、林語堂、錢穆、覃子豪、紀弦、鍾鼎文在學術、藝文方面的成就與他們為人的厚道與謙虛等。這些大家風範令人高山仰止，永遠懷念。他笑說自己是白頭宮女話天寶舊事。會場坐滿了人，不時爆出笑聲，場面熱鬧又溫馨。瘂弦還唱了段河南小曲，並以朗誦他的詩〈鹽〉作為結束。

「二嬤嬤壓根兒也沒見過退思妥也夫斯基。春天她只叫著一句話：鹽呀，鹽呀，給我一把鹽呀！天使們就在榆樹上歌唱。那年豌豆差不多完全沒有開花。

鹽務大臣的駱隊在七百里以外的海湄走著。二嬤嬤的盲瞳裡一束藻草也沒有過。她只叫著一句話：鹽呀，鹽呀，給我一把鹽呀！天使們嬉笑著把雪搖給她。

一九一一年黨人們到了武昌。而二嬤嬤卻從吊在榆樹上的裹腳帶上，走進了野狗的呼吸中，禿鷹的翅膀裡；且很多聲音傷逝在風中：鹽呀，鹽呀，給我一把鹽呀！那年豌豆差不多完全開了白花。退思妥也夫斯基壓根兒也沒見過二嬤嬤。」

退思妥也夫斯基是俄國大作家，他的小說突顯窮困悲苦下層人的生活，將他們的不幸記錄下來，成為歷史、文化的記憶，而代表中國農村百姓困苦生活的二嬤嬤，卻沒有見過像退氏那樣的作家，瘂弦憂心這些悲慘的人物與境遇將會湮沒，於是他書寫了。他把將中國現代史的記憶印記留住，看作是詩人的職責，這充分顯示了他悲天憫人的胸懷。

瘂弦在朗誦時，我留意到他善於將書法所講求的飛白技法運用上，將聲音的跳躍與滑溜交替運用，且留下空間，讓觀眾做想像的補充。當他朗誦「鹽呀，鹽呀」時，聲音似有種遠行力，好像被天風吹走，表現出空曠渺茫之感。

親近瘂弦

在聖地牙哥，朱立立安排瘂弦父女租住她面臨港灣海景豪華大廈樓下的客房，她將她先生海諾請去別州親人處暫住，而將主臥室讓給先生與我，她則與另一會友張棠共住另一間臥室。對她的盛情，深深銘感於心。

於是，我們有了親近瘂弦的機會。那兩天同餐共飲，拉近了距離，他不再是台上遙不可及的大詩人、編輯王，而是平易近人的可親長者。他女兒，小名豆豆，陪同他前來，是他的秘書兼攝影師。她能幹又可愛，笑起來很甜美，還很會掌廚，幫忙炒菜，動作俐落，三兩下就搞定，我們都好喜歡她。

第一天，初相見時，有點生分，不知該怎麼稱呼他好？瘂公？瘂弦先生？結果大家定出「瘂弦老師」這稱呼。多叫幾聲，多聊幾句後，忽然間覺得原先的陌生與靦腆感，已於不經意中消失。

從卡梅爾谷圖書館的第三場演講歸來，已是晚上九點多，想著次日即將離開，各分西東，大家頓生依依不捨之情。於是提出：何不到朱立立住處再續攤？喝酒、吃花生米與醺魚，聊它個痛快！瘂弦老師亦興致高昂地答應，還說先洗個澡，換上輕便衣服後再上樓來。

那晚，天南地北地聊，他口才極好，聲音又迷人，聽他講愛情故事，生動感人。親近瘂弦老師後，更感受到他的溫文儒雅、風度翩翩。大家不禁關心到他夫人張橋橋女士，已過世十年，是否應續弦找個老伴來照顧？

腦海裡浮上了他《如歌的行板》裡的詩句：

溫柔之必要，
肯定之必要，
一點點酒和木樨花之必要，
正正經經看一名女子走過之必要。

牆上掛鐘已是十二點，雖了無睡意，畢竟晚了，別把瘂弦老師累著了。向他道聲晚安，散會。

從沒想過，他住北邊的溫哥華，我們住南邊的新墨西哥州，相聚遙遠，有天竟能相遇相識？那感覺真是應了那句——「如此遙遠，又如此美好！」

人與人之間的相聚離散，純屬緣份，一旦緣起，相信我們終會有再相聚的一天！

從陸地到海洋的文學論壇
——第十四屆海外華文女作協雙年會紀實

女作協於一九八九年成立，至今二十七年，每屆雙年會都在大城市舉辦，這次卻別開生面在乘風破浪的遊輪上舉行，而且縱跨美加兩國，純屬突破性的創舉！會議自二〇一六年九月二十六日從溫哥華上船開始，至九月二十九日閉幕，三十日上午在聖地牙哥下船。

主辦大會的副會長朱立立（荊棘）曾旅居世界多處，養成開闊的胸襟與視野，她構想：在海闊天空的遊輪上，不需為吃住、交通、搬動行李等費事，同時又有輕鬆愉快的氛圍襯托，使得大家更易親密地聚集在一起探討有關文學的議題。這構想獲得了一致支持。

二十六日報到後，當晚由會員王克難和鮑家麟主持「旗袍之夜」餘興節目，隨著鮑家麟仿歌劇《蝙蝠》中的〈香檳酒〉歌，高唱：旗袍！旗袍！旗袍！陳玉琳唸王克難寫的詩：〈讚旗袍〉，與會女作家們穿著富含中國文化的旗袍，踏著優雅的步伐，一一出場。一瞬間，女作家們的體形變得修長，個個婀娜多姿，令人驚艷。眼前，是一片色彩紛呈的旗袍，其底色有杏黃、酒紅、絳紫、翠綠、寶藍、粉藕、純白、墨黑……有的上面還繡有圖案。旗袍之美，名不虛傳，它給人的感覺既雍容華貴，又清秀靈動；既內斂含蓄，又不失張揚誘惑，不愧是出彩的中國女性傳統服飾。

第二天清晨，船泊在美國奧勒岡州的Astoria，這是五天四夜航程中唯一停靠的城市。大家紛紛下船，利用短短數個鐘頭乘電車到城裡逛逛。在City Hall對面看設計獨特且具中國庭園風味的滄浪園（Gardens of Surging Waves），銅製月洞門兩側居然刻有山水國畫，從月洞門鏤空格穿過的銅軸上還刻有三字經，對它頓時生出份親切感。順路走到海邊去參觀哥倫比亞水域博物館（Columbia River Maritime Museum）。下午還搭上大巴去遊此城地標Astoria Column，許多人爬一百六十四階的旋轉樓梯，登上塔樓頂，盡攬四周的海港美景入懷，而我則因足踝曾骨折過，沒敢嘗試，與張鳳兩人在下面拍照。

晚上舉行內部會議，選出姚嘉為當副會長，承辦下一屆的大會。她計劃二〇一八年到台灣，搭建一座與當地學者、作家交流的文學論壇平台，並走進校園與學生對談，希冀更多人對海外文學有進一步的認識。

次日，會議正式開始。第一天由我來主持，引介演講者；第二天的主持人由副秘書長杜丹莉擔任。第一場主講嘉賓是朱琦教授，曾任教史丹福大學亞洲語文系多年，現辭去教職，致力於歷史人文的旅行、寫作和傳播。講題：「從《山海經》到地球村」。儒雅的朱教授，學識淵博，由山海經裡所描繪的世界說起，帶我們穿越歷史的長河。從西漢到晚清長達兩千年，東西方始終隔絕，原因歸諸於農業社會的封閉、宗教文化的衝突與天朝大國的中心意識。待與西方文明接觸交流後，地理概念方起了變化，終至改變了過往的世界觀，迎向日趨地球村的時代。

今年是莎士比亞逝世四百周年，張純瑛以「與永恆拔河：四百年後解讀莎翁商籟」為題，賞析莎翁著名的商籟（Sonnet）十四行詩。這是歷屆大會中第一次以西方作家為講題，讓人引領期待。她還攜帶朗誦商籟的錄音帶，穿插播放於解析中，那抑揚頓挫、韻味十足的純正英國腔帶來的臨場感，令大家更加深了對莎翁商籟的印象。

施天權在「民主體系與創作—當代大陸文學一瞥」中介紹大陸文學。由七〇年代末改革開放後，受到西方的現代主義、存在主義、女性主義、後現代主義等的影響，大陸小說一反過去威權政治控制下的狹隘而呈現多樣化的面貌，出現了傷痕文學、反思文學、尋根小說、魔幻現實主義文學、深層揭示社會矛盾的平民文學等多種文學風格。

張燕風介紹「兒童讀物中的多元文化」，幻燈片裡展示富創意且色彩鮮豔明亮的童書，這頗能吸引孩子去閱讀。相信孩子在諸多國家溫馨的故事中，學習了解異族文化，生出包容心，消弭日後因隔閡而易滋生的仇恨，讓世界走向和平。

敘利亞難民潮在報章上的報導，曾引起大家的關注。定居德國多年的麥勝梅，談她的親眼見聞與體會：「難民湧入影響歐洲社會」。德國總理默克爾慨然伸出援手，可是難民卻給社會與經濟帶來了許多問題。難民是「人道主義的試金石」，麥勝梅最後精闢地總結說。

攻讀生化研究，在史丹佛醫學院工作至退休的沈悅，由於一九九六年被診斷罹癌後心智覺醒，開始編寫舞台劇並製作公演，其作品多為反映現代海內外華人生活的幽默喜劇。肢體語言豐富的她，在講題「劇本與製作」中，活潑生動地分享了其創作過程中的甘苦經驗。

第二天的會議由韓秀開講，一口悅耳動聽的京片子，為我們介紹「現代小說的史詩基因」。從最早古希臘文學中的經典荷馬史詩《伊里亞德》說起。這部史詩不僅是描述戰爭與冒險，也是一部人文、民俗和社會史，它成為西方文化的重要基石且影響深遠。後來由於宗教的影響，荷馬史詩詩歌體的形式被起源於神話的小說所取代，作家的描述手法雖有所不同，但仍保有敏銳的觀察，於寫作過程中細膩地去探索與深化。演講尾聲，她提及兩年後的大會在文化底蘊深厚的台灣舉行，惕勵身為海外華文女作家，一定要好好多讀書，多充實自己。她則是每天讀書六萬字，令人驚嘆！

姚嘉為曾走訪過二十五位北美華文作家並串寫出書，呈現域外的角度、遼闊的視野與歷史的流變。在「從鄉愁到越界」的講題中，她十分仔細翔實地談排華法案與移民（一八八二－一九四三年）、國共裂變與留學潮（一九四〇－一九五〇年代）、左翼思潮與保釣（一九六〇－一九七〇年代）、兩岸媒體與移民（一九七〇－一九八〇年代）與美華社會與文壇（七〇年代末至今），涵蓋面甚廣。從一九八〇年代起，大陸學界開始關注海外華文文學，北美學界則提出論述界定海外華文文學與中國文學的關係。她並一一闡述作家白先勇、張系國、王鼎鈞等人的鄉愁與創作，至後來因大時代的變遷，而走出了鄉愁。網路使國界消失，交通便捷，使全球成了移動的世界。地理上的跨越疆界、語言文化的跨界與創作形式的穿越後所帶來的衝擊展現在眾聲喧嘩的作品裡。作家們在環境自由開放的遼闊大地上，開始追尋自己創作風格的新方向。

在「瓶頸與突破」座談會上，朱立立以「視野和題材」為導言講述了「第二故鄉」的寫作。作家經歷離散和客居的煎熬，體會到疏離與同化間的掙扎，單一的視角逐漸轉為多元、多文化、多性向、多種族的反思，作品亦呈現出新穎的意境與視野。張鳳談「海外華語寫作的展望」，言及網路的興起，造成許多自媒體，原是讀者紛紛成了作者，豐富了文學的樣貌。她期望作家應融入當地的文化，使寫作題材更寬廣。吳玲瑤在「讀書以提高寫作素質」中，提到她在公共圖書館當義工，導讀各家作品，將文學的種子散播到聽眾的心中。她呼籲大家善用圖書館的藏書資源。姚嘉為的「投稿和出版」，介紹其方式、種類與應注意事項等，對大家而言這有著非常實際的作用。王芫曾為北京作協簽約作家，居住溫哥華多年，現住美國加州從事中國文學的英譯，她以「海外中國文學的英譯」為題，講述了如何努力突破語言的界限，在雙語文學間搭起一座橋樑。

嘉賓王紅旗教授主持「女性文學論壇：文學創作與生存」，她來自北京，長期從事女性文學與文化的研究。其學術專精，說起話來擲地有聲。她邀朱立立、王凱琳與崔卓力來談她們的生存性別經驗對創作的影響。朱立立談到她成長歲月中得不到父愛的悲傷過往令人動容淚下，這份缺失卻讓她將情感宣洩於筆下，成就了她的文學創作；王凱琳談到身為女性在職場的升遷與待遇實不能與男性同等；崔卓力娓娓道出她在職場的豐富經驗與對其的看法。她們都沒有向現實低頭，更無視於社會重男輕女的封建傳統觀念，堅韌地朝自己設定的人生目標邁進。

與以往大型的會議相比，參加這次會議的人數較少，但因其內容的豐富多元，反而增加了交流互動的機會，整體給人種小而美的精致感覺。

會議結束後，大家盛裝出席美酒佳饌的惜別晚宴，高唱歌詞略經修改的〈何日君再來〉。杯觥交錯間離情依依，彼此互道珍重，且高喊「二〇一八年台北見」！

錦繡大地——海外文學生活綜觀

歷屆海外華文女作家協會於雙年會前皆出版會員文選，內容從探討女性文學議題，到紛呈異國美食因緣，而這屆文選則以「第二故鄉寫作」為主題，書寫出入於不同民族、國家間，由此產生的視角越界所帶給生活中難以忘懷且深受感動的經歷。書名為《世界美如斯——海外文學織錦》。

回顧海外文學發展，約有百年歷史。在上世紀初期、中期有林語堂、黎錦揚、唐德剛、夏志清、董鼎山等。他們用雙語寫作，即使是外文作品，中國情結仍十分濃厚。由於那時代特有的動盪和戰亂，大多數漂流異域的作家心懷故土，鄉愁成為筆下永恆的主題。他們學識淵博，中西文化元素和創作手法交融，形成這時期作品的最大特色。

至於海外文學作品的大量湧現，蔚為潮流，是從六〇年代開始，主要是自台灣來美的留學生，有聶華苓、於梨華、白先勇、陳若曦、劉大任、叢甦與開創「歐華文學」的趙淑俠等。那個年代，經濟不寬裕，政局不穩定，離國就彷彿難以再回似的，於是「漂泊」、「失根」、「孤寂」的情懷常現筆下，形成流離文學，這段時期真是鄉愁不解離愁恨哪！

九〇年代後，許多作者來自中國大陸，其中嚴歌苓、張翎以中文寫作、哈金以英語寫作揚名於世。雖說鄉愁依舊是共同的主題，但隨著波瀾壯闊大時代經濟的起飛，來去故國與異土間，不再是縈繞心中的夢想，自由的幅度加大，夢想也能輕易實現，於是鄉愁逐漸淡化。鄉愁「教父」余光中以古稀之年來往兩岸達數十次，曾說：「哪裡還愁呢？全新的環境和全新的生活感受讓我更願意進行詩歌的紀實創作，於是，我將鄉愁拐一個彎……」

歲月流轉，幾十年過去了。常見許多人感嘆「不道流年暗中偷換」，這讓我想起近日讀文壇前輩王鼎鈞的〈靈感速記〉，他提到：「流年並非偷換，它走過來，走過去，大聲吆喝……流年並非脫掉鞋子，躡手躡腳，像一行小老鼠走過，它是前呼後擁、人喊馬嘶、像火災一樣出現。」的確是！他描寫得生動極了。在歲月流年大模大樣地吆喝下，許多人已將異鄉住成了故鄉，當年漂浮於空的「失根」感，終於接了地氣，轉化成篤實的「落地生根」感，創作也漸步入了「新移民文學」時期。

放眼今日，華文創作開枝散葉，遍及世界，除了美華文學、加華文學、歐華文學外，尚有馬華文學、新加坡、泰國、菲律賓、日本、澳洲等華文文學團體。詩人瘂弦曾寫過一篇文章〈大融合〉，論從歷史發展條件看華文文壇成為世界最大文壇之可能。他說：「據統計，現今華人人口佔世界第一位。全球有四分之一的人使用中文。通常，一種文字年代久了，就會趨於老化，甚至死亡，只有中文，可以與時俱進，歷久彌新……如此靈敏活潑的語言機能，最適合文學的表達。以我們的人口，漢字傳播的普遍，加上我們在國際文壇上的熱烈參與，我們有足夠的條件，建立一個世界文學史上從來沒有出現過的漢語大文壇！」此等熱切的胸懷是多麼的開闊與大氣！

世界各地的華文文壇，與之隔洋相呼，隔空相應，為攜手共建漢語大文壇的巨廈貢獻一份心力。但不管多麼大的文學目標都要從本土、在地的基礎上做起，於是女作協的會員們熱烈響應，在此次文選《世界美如斯—海外文學織錦》裡，踴躍寫出她們身處第二故鄉生活中對世界的感知和人生體驗。

同性戀是現今社會裡很夯的話題。文選中〈面對同性戀兒女〉一文，指出同性戀者與一般人無異，只是性向不同而已，不應該受到排擠、歧視或詛咒。做父母的要學會接納他們，讓子女感受到父母愛子女是永無條件的。在〈性為何物？〉裡提到：於一些人的生活圈裡，一說到「性」，就會想起同性戀。其實大多數人從生到死，渴望的就是一個「情」字。無論是「異性」還是「同性」，重要的是那個用「心」相託的「戀」字。說得好！深有同感。

夫妻是組成家庭生活的核心。〈夏威夷生與死〉，描述夫妻在夏威夷度假，先生溺水被救活的驚嚇過程。歷此一劫，他們改變了對人生的態度，活在當下，身體力行「慢活」的哲學，怡然地品味人生。〈婚戒〉裡，先生遺失了婚戒，而她價值不菲的鑽戒也被破門而入的小偷偷走。遺失這兩枚婚戒，雖心痛其代表的意義，但體會兩人在生活逆境中相互扶持的情意更為重要，情到深處已不在意是否戴著婚戒了。〈大峽谷的蜜月〉，這上下大峽谷的艱辛蜜月，卻成了一生中難忘的美好記憶。〈寶馬雕車香滿路〉裡，雖「抱怨」先生，但輕鬆幽默的筆調，讓人感受到那份「嬌嗔」只有活在幸福中的女人才會有。

夫妻情並非只顯現在活著時，當一方逝去，那份情更教人刻骨銘心。〈素縞〉，一首簡短的詩，對逝去老伴懷念之情躍然紙上。文字精煉，句句敲人心坎。〈送返大自然〉裡，先生得了「肌萎縮性脊髓側索硬化症」。病痛中，他依舊保持貫有的溫和紳士性格，從不發脾氣，而她則從不哭泣流淚。這份照顧先生的勇氣與毅力，讓人敬佩。最後按他遺願，將骨灰撒向大海，回返大自然，給他們這段始於海、終於海的情，畫上了一個圓。

〈有情人終未成眷屬〉文中的兩人，沒成夫妻，卻成了一生中最好的朋友，可見並非所有的情都能修成正果。作者問：如兩人終成眷屬，朝朝暮暮，情仍能長純？長存嗎？這人間情，還真是說不清。

〈異鄉亦家鄉〉與〈無私的愛〉，闡述對領養孩童生活過程中展現的愛。世界如斯美，發揮了人世間的正能量。〈義工善事〉，將善擴大到幫助貧困地區的孩子完成上學的美夢，讓教育給他們改變自己命運的機會。〈狀元紅〉裡，由兒子的婚禮，體悟到做父母的需保持中西文化差異的敏感，才能與子女維繫良好的關係。作者從「狀元紅」與「女兒紅」酒的故事說起，那正是中國父母對兒女含蓄的愛與祝福的象徵，一場與兒子間的誤會得以化解。

生命裡沒什麼比健康更重要的了，一旦生病，能有良醫的照護，是多麼的幸運，感激之情在〈幸有他們守候〉一文裡表露無遺。作者寫道：依醫令連穿刺、PET／CT都做過了，反更進一步證明我的確被「砍殺爾」砍上了。我不曾哭哭啼啼，不曾怨天怨地問：「為什麼偏是我？」相反地安慰自己，一身無牽掛，雙親已逝兒女長成，如果人間「砍殺爾」也有配額，已砍了我，能饒過一個有仰事俯蓄責任的青壯能讓我心安得多。這樣慈悲的胸懷令人動容！

〈住院記〉、〈鳳凰涅槃——美國住院小記〉、〈那年暴風雪的冬天〉、〈玫紅色的艾瑪〉、〈守在加護病房的日子〉、〈父親與長春藤書束和靈修八段錦〉、〈何日再聚首〉等文中，敘述自己生病、或面對生病的客戶或是照顧罹病親人等感人的心路歷程。而〈州長的禮物〉，送給民眾的竟是安樂死，雖覺震撼，但細想病人到最後階段受盡肢體的折磨，能在合乎法令規定下，有尊嚴地走完人生，這何嘗不是一種解脫?!

談到死，〈伊斯蘭葬禮〉中，寫土耳其人死後要儘快入土為安，所有肉體的疼痛才會消失，靈魂才能出竅。他們是依宗教來安葬的，只有三種選擇：伊斯蘭教、猶太教與基督教，而對嫁給土耳其人沒宗教信仰的女主角而言，安葬是個問題。她心想：「這個國家當初允許異教徒通婚，憑什麼死後要根據宗教信仰而拆開夫妻倆呢？不能帶著這個問號進墳墓！一定要去問個清楚！」這文末的結語令人莞爾。

每個人都怕病魔纏身，希望有副健康的身體，那麼平時就得運動保健，〈常春晨運班〉與〈施老師的運動課〉都讓我們從中學習到應該怎麼去實行。閱過〈摔跤之後〉，相信會讓飽嚐摔跤之苦的人今後更加警惕。

〈中西幽默相輝映〉，說明笑裡藏「道」是作家成熟的標誌。作者將幽默融入生活與文章中，慷慨地揮灑笑聲，把歡笑送進千家萬戶，給人減少了壓力、增添了壽命。〈雞飛狗跳見人情〉一文也發揮了養雞幽默風趣的一面。

〈誰會在聖誕節出門旅遊？〉一個問句帶出了人們的好奇。誠如作者說的，其實出門旅遊的人，總有各自的原由。每個旅人背著自己的故事出門，旅途中也再創新的經歷，撰寫出一則則愛與奇幻的回憶。

生活過得悠閒有品味，莫過於〈玉蘭花開〉裡所介紹的。種活了不易生長的玉蘭花樹，不止花香四溢，還可入饌，好清雅。

〈畢克西比的玉琮〉裡的玉琮，是收藏家和慈善家老畢克西比為聖路易藝術博物館購置的，體現了他「溫潤而澤，仁也」的玉之德。〈琵琶大使吳蠻〉介紹吳蠻在琵琶樂器上的造詣，真是「彈破碧雲天」！她對音樂獨特的見解、對潮流敏銳的直覺，再加上一副開闊的心胸與無羈的視野，讓遠古的琵琶聲從湮沒西域故城的浩瀚沙漠中再度響起！

〈英式的傳承：記伊頓公學〉，它擁有宏大的國際觀，卻從小處著眼。積極讓學生通過各類課外活動，體驗不同的政治、文化，發展自我潛能，因此孕育出優秀的政治家，譜寫出地傑人靈的藍圖。

〈旅德歲月〉裡，著墨於德國慷慨向難民伸出援手。總理默克爾在解決難民問題上，堅毅向人道主義邁步，重複前人的那份激情為人類命運吶喊，為後人鑄刻正義的楷模。

〈菜鳥的蛻變〉、〈緊握你的槍〉、〈尷尬〉、〈種菜啟示錄〉、〈綠坡〉、〈千島椰風中〉都提及初移民時的窘境，時間是最好的老師，透過自身的努力學習，對第二故鄉的生活早已調適，如今更是得心應手了。

〈轉個念，世界大不同〉蘊含佛教「萬法唯心造」的觀念。世上沒有過不去的難關，只有放不下的執念。放下了，即得心安自在。與之相通的一篇，談及無論天涯海角，大抵〈心安即是家〉。誠哉斯言！

今年女作協雙年會將於九月舉辦，我們十分榮幸請到朱琦教授為大會主講嘉賓。他於一九九〇年畢業於北京大學，獲古典文學專業博士學位。曾任教於史丹福大學亞洲語言文學系，是灣區知名學者與作家，甚獲大家的尊崇與仰慕。蒙他賜稿〈從山海經到地球村〉，給《世界美如斯—海外文學織錦》一書大大添色增輝，謹向他致上最深的謝意。

此書得以面世，十分感謝洛杉磯的客家基金會。他們本著「異鄉做客不忘本，入境問俗重求知，勤儉持家有自尊，敦親睦鄰一家親」的客家精神，並發揚「百年過客，同舟共濟，落地生根，天下一家」的客家理念，注重教育與文化服務，慷慨贊助與他們精神與理念相同的我們出書。

感謝多年來受東西文化熏陶的會員們於百忙中，以多元化為經、視野開放為緯，寫出探索社會與人性、體驗生命關懷、感性與知性兼具的作品。用她們的錦心繡手，將此書織成一幅繽紛燦爛的錦繡大地，讓讀者能徜徉悠遊其中，深切領會荊棘於序中冀望所臻之境：走向定位為多元、多種族、多性向的海外文學。書內洋洋灑灑二十多萬字的采玉華章，未能於此跋中一一簡介，深感歉然與遺憾。對許多會員們捐款共襄雙年會盛舉，亦銘感於心。

感謝此屆會長張純瑛與第十二屆秘書長劉慧琴的熱心指導，分享她們豐富的編輯經驗，讓我們受惠良多。

蒙聯經出版社的方清河主編與他團隊的精心編輯、排版與設計，將此書美觀典雅地呈現，於此向他們的辛勞一併致謝。

感於眾多讀者一貫的支持與鼓勵，海外女作家們會持續努力，展現蓬勃的生機，以女性特有的細膩筆觸，寫出更具寬廣視野與博大胸襟的作品。讓我們攜手一起走向地球村，邁向更美好的世界！

海外華文女作家協會秘書長　雲霞
寫於二〇一六年九月廿六日雙年會前

註：此文為《世界美如斯——海外文學織錦》一書之跋

鐵漢柔情——我心目中的周愚

二〇〇八年暮春，接到吳玲瑤的一通電話：「周愚近日要到新墨西哥州，問可有文友住那兒？我立即想到妳。」久仰周愚大名，惜從未有機緣得識。對他的來訪，當時立表歡迎。期待中，心裡既開心又緊張。

記得三十幾年前剛移居加拿大，自熟悉的家園連根拔起，重植於他鄉異地，整個人水土不服，幾乎枯萎。在這段調整適應期間，每天下班歸來，就是靠看世界日報來排遣鄉愁。

報上文章多半是熟悉的名家作品，後來，我發現一位新作家周愚的名字映入眼簾。他從台灣移居洛杉磯，在適應新環境的過程中，將順境、挫折、歡笑、辛酸……這些生活裡的點點滴滴，以輕鬆幽默的筆調，寫成一篇篇引人產生共鳴、發出會心微笑的文章。日後並將其集結成《美國停・聽・看》一書，給剛移民或即將移民的人提供了寶貴的適應新環境經驗。

他筆耕不輟，不只是寫散文，還跨足小說界。第一次寫小說，就洋洋灑灑寫出了二十萬字的《情橋》。這是個真實故事，這座橋就架在美國西海岸華盛頓州與奧勒岡州的哥倫比亞河上。由當事人，一位華裔工程師，提供原始故事，交給《僑心》雜誌的負責人，然後委託周愚寫成。

陸續在報上連載時，甚為轟動。小說裡的三角戀情發展，尤其這裡面沒一個壞人，那份淡淡的、含蓄的、幽幽的情，直教人牽掛繫念。忙完一天的工作、家事後，我即迫不及待地攤開報紙看這篇連載。沒想到最後盼來的結局——橋建成之日，竟是人離散之時，令人惆悵唏噓不已。

那時讀此篇小說，就很好奇：作者周愚會是什麼樣的人？難免將他與男主角劃上等號，揣想他是位具有浪漫情懷之人。為這份多年來的揣想能見分曉，我興奮著。

趁他沒來前，趕緊搜尋有關他的資料，預作功課，以示對貴客的尊重：

周愚，本名周平之，原籍湖北，出生在浙江，成長在台灣。空軍官校戰鬥飛行科、三軍大學空軍學院、美國空軍戰術學院武器管制官班畢業。曾任空軍飛行部隊分隊長、中隊長、禮賓官等職。上校階退役後赴美，現居加州。周愚允文允武，文筆生動幽默，寫作範圍廣泛，著有《美國停・聽・看》、《美國生活幽、悠、憂》、《美國居，大不易》、《歸來的軍刀》、《情橋》、《藍天、碧海、大地》等共十六冊。曾獲洛杉磯地區傑出華人成就獎、聯合報徵文報導文學獎、中國文藝協會文藝獎章等。曾任北美洛杉磯華文作家協會前會長、北美華文作家協會總會前副會長、南加州空軍官校校友會前會長、洛杉磯榮光聯誼會前會長、前理事長、洛杉磯空軍大鵬聯誼會前會長、前理事長，現任顧問。

從網路簡介中獲得的資訊，令我對這位過去手操駕駛桿，翱翔於藍天；現在卻手持筆桿，悠遊於文學界，且織出一片錦繡天地來的名作家周愚由衷敬佩。看他所擔任的職務，對他深具的服務熱忱及為人做事認真負責的態度，更是油然生敬，難怪他會成為「海外華文女作家協會」的「女作家之友」。

我特別找出他獲得聯合報報導文學獎《歸來的軍刀》一讀。這本書是報導一件沈寂已久，中華民國空軍飛行員張迺軍執行任務時，與中共飛機相撞，墜機殉職的故事。其實張迺軍並未身亡，而且在不久後便被中共釋放回到了台灣。因著某種原因，隱忍不便聲張多年。周愚請他說出那段往事，替他作一個報導，如他有委屈，可藉此伸張，如有心裡想說的話，也可藉著文字替他轉達。周愚充分展現出的這份俠義之情，是多麼地貼心感人！於是藉著這篇《歸來的軍刀》報導，張迺軍得以復活，並將其真相與委屈公諸於世人。

周愚於自序中說得好：報導兩岸空戰的歷史，絕非為了挑起舊恨，而是希望能吸取歷史的教訓，相融相愛，中國人之間不要再互相殺戮，而應該互相扶助。

看完這本書，對尚未謀面的他，肅然起敬，更加期待他的光臨。

那幾天忙著將室內重新佈置整理，後院花樹修剪一番。到約定這天，先生與我站在門前車道上恭候嘉賓。與周愚及他夫人張富美女士見面後，他給我們的見面禮中有本書，啊，我好驚喜，竟是《情橋》！當年看報上連載時，怎會想到有朝一日居然能與作者面對面，還蒙他厚贈此書？

他，沒我相像中的浪漫。話不多，略顯嚴肅拘謹；挺拔的身桿，散發出軍人特有的鐵漢氣概。但當我們坐在頗負盛名的百年莊園老店El Pinto用餐時，話匣子一打開，他脫去嚴肅的外殼，一展內裡的幽默與溫文儒雅。多麼希望能帶他們夫婦倆遨遊此地，只是他說已有別的計劃，餐敘後即行告辭。

當晚一口氣重讀《情橋》，依稀找回二十年前讀它的感覺。那時年輕，眼裡看到與心裡感受到的是男女之間的情愛，如今兩鬢飛霜，有了另一番領悟。

故事中兩建橋工人因意見不同起了爭執，一個叫對方滾回墨西哥，而墨西哥工人回了句黑奴，兩人便打了起來，工頭為此自請處分。男主角嚴正地告訴他們：「這是一個融合來自不同地方的人的國家，我們四人就來自四個不同地方，只不過是來的早與晚而已，而且我們四人也有著不同膚色。沒有人有權利說別人的膚色不對，也沒有人有權利要別人滾回去。」

這兩人互相道歉，事後仍願同在一艘浮船上工作。男主角再提醒他們，並告訴他們一句中國成語「同舟共濟」，有危難時更應互相救助。

這個插曲，讓我看見周愚的別有用心，不只是寫小愛情橋，他在人與人之間也搭起了一座溝通文化大愛的情橋！

於實際生活中，我更體會了他的細心體貼。知道我這兒華人少，沒有中文書店，也買不到世界日報，他回去後即寄來他的著作——《男作家的魅力》、《女作家的風采》及幾本「洛城作協」的會刊，提供我精神糧食。我趕緊電郵致謝，自此，開始了我們間的電郵往來。漸漸地，信內的稱謂——「周先生」，在他親切的指示下，已改為「周大哥」，「周夫人」也改成了「富美姊」。後來只要我有文章上報，就會收到他寄來的剪報，便於我收藏。我看見了在他鐵漢的軀體內，包藏的是一顆敏銳、體貼、細緻、柔軟的心！

數年前，由於摔斷了右腳骨，這粉碎性的骨折，讓我多年不良於行，上下樓梯極為不便，於是搬家換住平房。喬遷新居後，首位訪客竟是周愚夫婦！他開車遠征受邀去華府演講，特別彎進新墨西哥州來看我們，這份情誼銘記於心。如同上次，餐敘後，他們未多作停留，即繼續踏上征塵。

看他日後為文刊登於世界日報，記錄此次華府之行，途徑田納西州時，車裡正巧播放著蓓蒂佩琪唱的「田納西華爾滋」，令他想起年輕時第一次邀富美姊跳舞，就是踩著這首音樂。幾十年的歲月悠悠流逝，沒想到有一天兩人會親臨斯地。此時此景，當他再聽這首歌曲，心裡的感受竟與當年是這般不同——在舞會裡，初執她手，緊張心跳，而今卻是執子之手，與爾偕老的溫馨、甜蜜蕩漾心頭。我心裡偷偷在想，呵呵，周大哥當時定是邊開車邊握著富美姊的手。

周大哥這鐵漢，深藏的浪漫情懷，此時全都流瀉在華爾滋柔情萬千的音韻裡！

走在秋風裡——談鮑勃・迪倫

離家兩星期，其中五天是在遊輪上開第十四屆女作協雙年會，不知怎地罹患了重感冒，回來後休息了兩星期，當再度踏上每日散步的trail時，驚見我們這州州樹cottonwood濃綠的樹葉大部分已轉為不同層次的橙黃，將四周點綴得一片金璨，與倒映水中的參差檬黃樹影相輝映。也與道旁南瓜田裡，一堆堆金艷的南瓜遙相呼應。

一年四季裡，我偏愛秋天，它給人種溫暖豐實的感覺。天空看起來特別藍、特別高，風將空氣也吹得乾爽清脆，連帶吹起的片片黃葉，隨著它飛舞，而後輕柔地飄落。它沒有春天令人捉摸不定的乍暖還寒、夏天咄咄逼人的灼熱炎炎，也沒有冬日封凍刺骨的雪沁霜染。於淡淡秋陽下，走在如此詩情畫意、平和怡然的美景裡，整個人身心舒暢無比。

與先生邊走邊聊，談起這兩天得諾貝爾文學獎的民謠歌手鮑勃・迪倫（Bob Dylan）。諾獎委員會的授獎詞是：「在偉大的美國音樂傳統中創造了新的詩歌表達（for having created new poetic expressions within the great American song tradition）」。瑞典學院的常務秘書長莎拉・丹紐爾還誇說：「我喜歡鮑勃的音樂，特別喜歡他的歌詞。他尤其擅長押韻、寫迭句，而且非常擅長有詩意的意象，往往超越現實。」

由於鮑勃的當選，網路上討論的人很多，從中了解到得獎者是如何產生的。這諾貝爾文學獎是由瑞典學院十八名院士共同評出來的。這十八人是終身制。十八位院士中，十三位的權利十分有限，他們只能在一個五位候選人短名單中，投票選出一位獲獎者，而確定這五人短名單的是五位核心院士，又稱「諾貝爾獎文學委員會」成員，他們才是總體評審口味的決定性因素。

領導這個委員的五人小組，以及整個十八人評委會的就是瑞典學院常任秘書長。二〇一五年是由五十二歲的莎拉・丹紐爾擔任。她打破了全球評論家對他們保守、老朽、不敢突破的質疑，也做出創新與回歸傳統的表現。

所謂回歸傳統，諾貝爾老人家在遺囑中對文學獎只說了一句話：“In the field of literature, the most outstanding work is an ideal direction.” 直譯是：「在文學方面曾創作出有理想主義傾向的最傑出作品的人」。所以，在諾貝爾文學獎頒獎之初，就沒有嚴格照文學上的小說家、詩人、劇作家這三類來頒給。只是以後五〇來年，隨著諾貝爾文學獎的影響力日益擴大，評委們也越來越傾向於「少受爭議，別挨批評」，獎勵的人群因此被局限在小說家、詩人、劇作家之列。

莎拉・丹紐爾為首的新領導班子，這兩年的獎連續給了記者與歌手。看似離經叛道，其實是對早期評審規範的回歸，值得我們為他們的勇氣喝聲采。

在鮑勃的歌中，我最喜歡那首經典金曲Blowing in the Wind〈在風中飄散〉，它正趕上了美國處於民權運動和反戰運動的時代，因此被廣泛傳唱。想起當年大學同寢室的阿桂曾拉著我去聽她男朋友社團主辦的演唱會。當她男友站在台上，忘我地邊彈邊唱時，唱的正是這首歌，阿桂聽得臉發紅、眼發亮與一臉的崇拜，而我也止不住地心情激盪。

還要遭受多少次戰火啊？
才能再也不見硝煙，
朋友啊，答案就在風中飄散，
答案就在風中飄散，
要經歷多少歲月啊？
高山才能被大海淹沒，
要熬過多少奴役啊？
我們才能等來自由，
要經過幾度回首啊？
卻依然視而不見，
朋友啊，答案就在風中飄散，
答案就在風中飄散。

想起詩人余光中在他的〈江湖上〉也有類似的茫然無奈之感。其中的兩節：

一雙鞋，能踢幾條街？
一雙腳，能換幾次鞋？
一口氣，嚥得下幾座城？
一輩子，闖幾次紅燈？
答案啊答案，
在茫茫的風裡。

一雙眼，能燃燒到幾歲？
一張嘴，吻多少次酒杯？
一頭髮，能抵抗幾把梳子？
一顆心，能年輕幾回？
答案啊答案，
在茫茫的風裡。

通常，對眼前的美好，我們總希望能天長地久，永遠保有，即使明知道不可能，卻依舊這麼懷想希冀著。這些詩句在心中逐漸擴散，邊走，邊琢磨著，我不禁興起慨嘆與懸念，自問，於此步道上：這雙腳，還能走幾回？答案啊答案，在茫茫的風裡……。

茫茫的風裡——敬悼詩人余光中

去年十二月初我們搭乘巴拿馬運河遊輪，從佛羅里達州的羅德岱堡上船。在船上沒能上網，與外界隔絕。當行程結束，船到洛杉磯一靠岸，即迫不及待地打開手機，此時好幾百條訊息源源湧入。當一看到詩人余光中於十二月十四日辭世的新聞時，我嚇一跳，不敢相信印象中精神矍鑠的他就這麼走了。

對他最初的記憶，就是那首膾炙人口，幾乎人人會背的詩——〈鄉愁〉，當時讀了一遍又一遍，好感動，心想，他怎麼那麼會寫?!寫出了父母那一輩人辛酸的心聲，以及對家鄉那份濃得化不開的思念。

小時候，
鄉愁是一枚小小的郵票，
我在這頭，母親在那頭。
長大後，
鄉愁是一張窄窄的船票，
我在這頭，新娘在那頭。

後來啊，
鄉愁是一方矮矮的墳墓，
我在外頭，母親在裡頭。
而現在，
鄉愁是一灣淺淺的海峽，
我在這頭，大陸在那頭。

後來讀到他為他妻子所寫〈絕色〉中的句子：

若逢新雪初霽，滿月當空，
下面平鋪著皓影，
上面流轉著亮銀，
而你帶笑地向我步來，
月色與雪色之間，
你是第三種絕色。

縱使皎潔的月光與皚皚的白雪，是世間最美的兩色，但他心愛的妻子，帶笑走來，卻是第三種絕色。讀之，為他對妻子的深情而動容。

他，在深情裡，許多詩句讓人細細玩味，如〈滿月中〉：

那就折一張闊些的荷葉，
包一片月光回去，
回去夾在唐詩裡，
扁扁的，像壓過的相思。

一九七〇年代，楊弦嘗試以余光中的詩作〈鄉愁四韻〉為詞，為之譜曲，曾獲余光中的激勵與讚許。後他續將余光中的詩集《白玉苦瓜》譜曲，於一九七五年，在台北中山堂，以「現代民謠創作演唱會」的名義開唱，展現了中國音樂嶄新的一章，開創了現代民歌運動，讓大家對余光中的詩更進一步琅琅上口。

余光中在散文、評論、翻譯方面亦是成就斐然，梁實秋就曾稱讚他「右手寫詩，左手寫文，成就之高，一時無兩。」自此，對余光中的文采愈發景仰，惜從沒機會得見，直到二〇一四年十月，海外華文女作家協會在廈門大學舉行雙年會，他與席慕容是主講嘉賓，給廈門大學掀起了一股文學旋風與熱潮。有許多觀眾特意從別的省份提前一天趕來，就為聆聽他倆的講座，整個會場爆滿，有的人幾乎是掛在窗台上聽講。

當時的一幕幕又回到眼前……。

面容清癯的他，雖已八十六歲高齡，卻步履穩健地上了台。原先有點擔心瘦弱的他音量不足，沒想到聲音卻十分宏亮，而且咬字清楚。他講〈從九州到世界〉，談從中國出去、台灣出去，散佈在世界各地的華文作家。他一再鼓勵在海外的作家們不能妄自菲薄，往往邊緣可以領導中原。他思維清晰地論上下古今、旁徵博引，加上詼諧睿智的談吐，現場不時爆發出笑聲，贏得了滿堂彩。

次日舉辦一場不對外開放的「與大師有約」座談會，有人提問：「我在年輕的時候，還有寫詩的激情，但是人到中年，就無法創作出詩歌了。請問余光中老師現在還寫詩嗎？如何寫得出來呢？」

余光中對此莽撞的提問回答道：「問此問題的人，是一個不看報紙、不逛書店、不看評論的人。她以為我天天在睡懶覺！」話說得如此直率，大家忍不住笑出聲來。「把詩看成青春的浪漫詩歌，看得太窄了。詩歌不僅可以寫得浪漫，可以寫得諷刺，也可以寫得慷慨悲涼，所以不要有年齡與性別的偏見，也不要以為生活中美好的事物才能入詩。看病可以寫成詩、看牙也可以……寫不出來，江郎才盡是妳自己笨罷了。」

他的直率讓我想起他寫過的〈名人的危機〉，照相時怕被擠倒，喝茶時怕茶被打翻，簽名時怕眼前都是手，反而不知從何下手……無奈之餘，有時他真想借錢鍾書用過的話來做擋箭牌：「假如你吃了個雞蛋覺得不錯，何必要認識那下蛋的母雞呢？」大家又是一陣大笑。

看似不給「情面」，其實他心很軟。有些作家看讀者遞上來要簽名的書是盜版，就堅決不簽，可是余光中不忍心讓讀者失望，希望增加讀者對文學的愛好，來者不拒，當然，簽後不忘幽上一默：「這是我的『私生子』」。

大會圓滿結束，女作協在素享盛名的南普陀寺素菜館舉辦答謝宴，向嘉賓與協辦單位致意。執行長張純瑛，請張棠與我過去坐，不敢相信這次大會不僅與大師見著了面，竟還能與他同桌共進晚餐，心裡盛滿了喜悅。

想起抗戰時他曾在四川讀書，祖籍重慶的我於是請問：「可還會說四川話？」他腦子靈活，馬上用四川話來句鄧小平的名言：「不管白貓黑貓，能抓到老鼠就是好貓。」哇，像極了我父親的口音，尤其父親的臉龐也是那麼清癯，彷彿父親還活著，正坐在那兒跟我說話呢。

精緻可口的素菜，道道名符其實，讓人眼睛一亮。在清雅的飲饌中，領受余光中的幽默雋語。我們以茶水致敬，祝他福壽安康！不是酒，卻勝似酒，令人醺醺然。

餐畢，麻煩陪我來開會的先生，幫我們六人，左起林丹婭、張純瑛、莿棘、我、張棠與張鳳，站在老人家身後合影留念，心想是否該補個妝、搽個口紅？念頭一轉，馬上打消，不，今晚就素顏，以便讓我特意穿的那件黑色絲質上衣，上面擎著挺挺玉立的蓮花，在鏡頭下，與他大作中的「蓮」，產生種「聯想」吧！

能參與這場文學盛筵，親炙譽滿天下的詩人余光中與席慕蓉的風采，覺得好幸福！雖僅係初見，因素所景仰他們文學上的成就，平日又醉讀他們的詩作，會場上，與他們零距離的接觸後，他們不再是那麼遙不可及，油然生出種好像早已熟識的親切感。余光中的坦率風趣、席慕蓉的溫潤優雅，給我留下深刻印象之際，雖尚未道別，竟已開始憧憬翹盼著：有一天能與他們再結緣，再次相見！

可惜再也沒機會與余光中相見了，回憶至此，忽然想到，這次遊輪之旅，我帶上了「蓮的聯想」這件衣服。記得穿它那天是十二月十四日，遊輪上要我們穿得正式點的日子，當時腦子裡還閃過答謝宴中與他老人家共餐合影的一幕。啊，現在想來好巧，那天不正是他辭世的日子？嘆聲人生無常之際，頓時又想起他曾說過的：「說是人生無常，卻也是人生之常」。

冬日，迎著撲面而來的寒風，於步道上晨走，我邊走邊想，他那枚鄉愁的郵票現已寄往了天國，正如他所寫——「下次你路過，人間已無我。」思之，令人黯然。更憶及他那首〈江湖上〉——「一雙鞋，能踢幾條街？一雙腳，能換幾雙鞋？……答案啊答案，在茫茫的風裡。」伴著這首詩，腦海裡又浮現出他清癯的臉龐。

如今他已在天國，遙祝他老人家瀟瀟灑灑地拋開一切，再也不用去問，不用去想，答案是否在茫茫的風裡了。

輯二　回憶與追思

點點滴滴都是思念

獨坐電視機前，面對屏幕上不斷播送父親節禮物的廣告，頓時，對父親的思念排山倒海而來。

時間過得真快，不敢相信他老人家過世已四年了，過去與父親生活中的點點滴滴一一重現眼前。回憶中，他的音容笑貌依然那樣生動清晰，彷彿從沒離開過。

從小，胖嘟嘟的我，就是父母親的開心果。三、四歲時，父親把我抱坐在他的膝蓋上，跟我玩遊戲。要我舉起食指，放在鼻頭上，當他一發令，說聲「眼睛」時，我的手指就得同時指向自己的眼睛，不能等他說完才指。如果沒指對，指向了耳朵，需受罰，得伸出小手讓他打。父親把手舉得老高，似要重重

母親年輕時

父親年輕時

打下，結果卻是輕輕放下。有時他沒放下，反而抓起我肥胖的小手，朝手心親一口。剃後新長出的鬍渣，搔得我癢癢的，逗得我咯咯笑。我想那時父親雖說是逗我玩，其實也是在訓練我的反應能力。

父親喜歡聽我唱歌。約六歲時，他總愛在朋友來時親暱地喚我：「霞兒！快出來，給張叔叔、劉伯伯唱首歌。」我就把剛學會的歌謠〈人從什麼地方老〉拿出來，邊唱邊表演。小不點兒模仿老人，那稚嫩清脆的嗓音，逗趣的模樣，讓大人笑開懷。

人老了，人從什麼地方老？人從頭髮上面老，白的頭髮多來黑的頭髮少！
人老了，人從什麼地方老？人從眼睛上面老，看不見的多來看得見的少！
人老了，人從什麼地方老？人從耳朵上面老，聽不見的多來聽得見的少！
人老了，人從什麼地方老？人從牙齒上面老，嚼不動的多來嚼得動的少！
……

早期，台灣經濟尚未起飛，大家生活都過得十分簡樸。那時沒電視，父親就喜歡聽收音機裡播放周璇唱的老歌，聽時，還搖頭晃腦打著拍子，十分陶醉。聽久了，我自然跟著學會了。

父親喜歡喝兩口，尤其是家裡有朋友送的金門高粱時，母親將滷牛肉、鴨翅膀、鴨腳、豬耳朵、豆干、炒小魚乾、花生米，加上自己醃製的臘肉、香腸等，輪番給他做上兩三小碟下酒。每次父親都瞇著眼，心滿意足地慢慢品、細細嚐。對他來說，那真是人間至高無上的享受。

有好酒好菜，父親暈陶陶地，當他一眼瞧見我打從外面進來，趕緊喊我：「霞兒！來，給爸唱首歌。」「要唱哪一首呢？」我挨過去。「就唱〈月圓花好〉吧！」於是我脆亮地唱著：「浮雲散　明月照人來　團圓美滿今朝最……」聽完，他意猶未盡，「再給爸唱首〈拷紅〉，怎麼樣？」「好咧！」我也唱得興起。

「夜深深　停了針繡　和小姐閒談心　聽說哥哥病久　我倆背了夫人到西廂　問候……」該過門時，我停了下來，父親馬上打著拍子，帶著四川腔，哼唱著曲譜「２３２１　２３２１　２３２１２６１５」，幫我過門。這曲唱完，過了癮，父女倆都樂呵呵地。

父親看我眼睛盯著碟子，知我嘴饞，夾起塊滷牛肉送到我嘴裡，一高興，還把他的小酒杯遞給我，「來，喝一口。」他早把母親的叮嚀：「不准給小孩子酒喝」拋諸腦後。即使小嚐一口，那股辣味直嗆入喉嚨，可是我並沒被它嚇退，心底想著：是父親的女兒，就該跟他一樣，也會喝酒！於是，每次就那麼一小口一小口的輕嚐，日久天長，喝酒的功力漸增，呵呵，高粱酒入口是越來越香。

冬天，太陽照得人暖和和地，父親搬把椅子到院中坐。他讓我也搬個矮凳子坐在他跟前，側著臉，趴在他大腿上，幫我掏耳朵。父親是個動作細緻的人，輕輕地，這邊摳摳，那邊勾勾，好舒服。掏完，他問我：「妳要不要也給爸掏掏？」我試著學他，雖然毫無章法，不過動作倒也是輕輕的。掏完後，我用左手把他的耳垂拉起，蓋住耳洞，用右手去彈我蓋住他耳洞的大拇指指甲蓋，發出嘭嘭的響聲，沒想到父親竟問我：「哪學來的？好舒服，再多彈幾下。」我只是調皮好玩而已。

不知不覺間，我就這麼快快樂樂地浸在愛的蜜缸中長大了。中學，考上了台南首屈一指的台南女中。對父親來說，這真是個意外驚喜！他原先心裡疑惑著，一天到晚在台南公園玩的我，會不會考不上？其實我心裡明白，父母親那麼疼我愛我，我也好愛他們，他們期望我的，就是好好讀書，考上好學校。因此我早已暗中下定決心，絕不能讓他們失望。

住家隔學校甚遠，看到父親買回一輛飛利浦女用腳踏車送我，我驚喜得說不出話來，那可是得用掉他兩個月的薪水啊，不知那筆錢母親存了多久？車子一身泛著棗紅色亮光，座前還是斜槓，穿著裙子，右腳不用抬很高，即可優雅地從前面斜跨而上。我迫不及待地在住家附近試騎一下，又輕又舒適。下坡時，整個人御風而行，衣袂飄飄，那感覺像個神仙似的，棒極了！

考上台大，一看校園那麼大，住的第八女生宿舍隔教室、圖書館與校門口都有好長一段距離，於是這輛車隨即運至台北，充分發揮它的功能。騎著它上學、到校門口採買、當家教等，由於我的寶愛，它依舊光亮如新。有一天同寢室的小甘要借用，我不好意思拒絕，只懇請她務必小心，沒想到她回來時十分著急地告訴我，車不見，被偷了。如五雷轟頂，我難過得要命，滴下淚來。她會不會粗心大意沒上鎖？也許她不明白，也無從體會，這鐫刻著雙親愛的寶車，對我的意義有多麼重大！她賠了我一輛雜牌老舊二手車，騎起來好重，好費力，還嘎嘎響，心中更加懷念我那部「愛駒」了。

光陰似箭，我們畢業、成家、移居國外，父母親為了兒女，也連根拔起，全家人在多倫多團聚。雙親在此一住三十幾年，是他們一生中住得最久的一個城市，早已把這異鄉住成了故鄉！

猶記得父親初來多城時仍健步如飛，離世前五年，得了一場病，開刀後，政府相關單位評估，母親也已年近八十，於是將父親從醫院直接送進了長期護理中心。小時候我唱那首歌謠〈人從什麼地方老〉時，絕沒想到，當年英挺的父親，有一天，竟會變成歌詞中的這個模樣，甚至更超過。他的頭髮：灰白稀疏；眼睛：不是「看不見的多來看得見的少」，而是完全看不見，失明了；耳朵：得靠近大聲講，他才聽得見，他又不喜歡戴助聽器；牙齒：則早就戴上了假牙。

人生由豐富的彩色變成了單調的黑白，他是怎麼調適熬過來的？或許他從來也沒調適過來？我試著設身處地也當個瞎子。閉上眼，不能看書，不能用電腦，摸索著走，唉，才幾分鐘就受不了，想著他日日夜夜都活在那一片黑暗中，心中不由得一陣酸楚。

十幾年前，我由多城搬至美國，每年聖誕節返回闔家歡聚。自從父親住進了長期護理中心，爾後返回，第一件事就是與母親前往看望他。一路上，母女倆說說聊聊，一起回憶過去。以前在台時，母親總埋怨父親，當年不管家裡米缸快見底，依舊呼朋喚友來家吃飯；一坐上麻將桌，就忘了東西南北；身上剩兩個錢，就全拿去買愛國獎券；子女開學了，也從不發愁學費有無著落……反正在父親心裡，母親是家裡的頂樑柱，一切有她頂著。而如今，當母親面對著瘦骨嶙峋的父親時，過往再多的埋怨，全化為一聲聲愛的叮囑～要多吃點、要多喝水、要蓋好被子、要記得吃藥、冷氣強要穿襪子……。

每次，父親一聽見我們來，清癯的臉龐就綻放出歡快的笑容。我們怕說話太大聲吵到別人，於是把坐在輪椅上的父親推下樓，到花木扶疏的庭院中走走。瞧他笑意盈盈，眼睛雖看不見，想必是依然能感受到陽光照臉，清風拂面，還有新鮮空氣中流動的花香。愉悅的心情，讓他開始拉開嗓門，天馬行空地擺起龍門陣來。母親說他平時說話也就是「天一句，地一句的」，不知道這是否已是老人失智的現象？現在似乎更嚴重了，他時空錯亂地說：

「我有法力，手指一捏，就能把孫悟空捏到眼前來。」「爸，您好厲害！」

「我跟孔夫子是同時代的人。」哇，抬出了受人尊崇的孔夫子，這不能聽聽就算，我湊趣地順勢問：「爸，那孔夫子穿什麼樣的衣服呢？」

父親認真地想，低頭陷入沉思。突然，他猛一抬頭，懊惱地回我：「我眼睛瞎了嘛，哪能看得見他穿什麼衣服？」這一下，害我怔住說不出話來。他竟能毫不含糊地穿梭遊走於現實世界與幻想領域之間，讓我心裡頓生佩服！

毫無預警地，母親突然罹患了胰臟癌，從發現到過世僅三個半月，全家人傷心欲絕。起先編個謊言瞞著父親，說母親感冒了，不能來看他，護理中心規定患者不能來探視，以免將病菌帶入，傳染給其他老人。半年多母親沒出現，父親從懷疑到確定母親走了。從此，他不再多問，少言少語，也少吃。餵他，頂多三兩口，再多就吐出來。我想母親過世，對他是個極大的打擊，他這一生最幸福的事，莫過於娶了賢德的母親，幫他撐起一個人人稱羨的家。

看他這麼氣息奄奄，可有病？護理中心將他送至醫院檢查，掛點滴。檢查報告出來，他沒病，醫院不能留人，又送回護理中心。想來母親走後，他已了無生趣，漸漸自絕於世，終至停了氣息。

人走了，再也回不來了。回憶至此，無奈地發出一聲嘆息。窗外暮色已深，起身拉下窗簾，捻開了燈，我慢慢朝書房走去。打開電腦，敲起了鍵盤，傾訴出我對父親無盡的思念……。

絕響

小時候，最早認識的賭具就是麻將。緣於父母好客，平日他們忙於生活奔波，一到逢年過節，有朋友來訪，善於烹飪的母親，必整治滿桌拿手好菜宴客，飯後再陪客人搓上八圈麻將助興。嘩啦嘩啦的洗牌聲，加上歡暢的談笑聲，給節日增添了不少熱鬧。

長大後方知麻將具有悠久歷史，起源雖眾說紛紜，但能被稱為「國粹」，成為極普遍的傳統娛樂，其地位之受國人肯定，是毋庸置疑的。在諸多民間趣話中，我喜歡這一則：打麻將用四方桌，是代表東西南北四個方位，也是指春夏秋冬四季。每人十三張牌，因為一季有十三個星期，四季就是五十二個星期，共三百六十四天，加上胡牌時的那一張，代表一年的最後一天，共三百六十五天，恰好一年。

以前不懂大人在玩什麼，只是幫忙倒茶添水。及長，聽多了那些麻將術語：「斷么」、「平胡」、「門前清」、「一般高」、「三相逢」、「一條龍」、「雙龍抱」、「大三元」、「大四喜」、「清一色」……等等，覺得這些名詞真有學問，對發明麻將的人打心眼兒裡生出無限敬意。

沒刻意去學麻將，但是看多了，自然就會了。我發現每次都不可能拿一模一樣的牌，這牌變化多端且高深莫測，著實考量玩家的智慧。難怪有醫學研究發現，老年人多打麻將，可以預防老年癡呆症。它的確是集益智性、趣味性、博弈性於一體的桌上遊戲。

不記得從何時開始，流行起打十六張牌，雙親順應潮流，也改打十六張了，十三張因此成為過氣的老麻將。即使十六張風風火火，我心裡卻仍叨念著十三張。它會這麼受到我的青睞，實在是因我覺得老麻將那些術語，比較有學問。後來才知道，十六張牌裡也有加進部分老麻將的術語。

家裡每逢有客人來時才打牌，自不缺牌搭子。少有機會上場的我，對麻將始終未能培養出濃厚的興趣，不過因常做壁上觀，倒也看出些興味來，有了另一番體悟——拿了一手好牌，即使聽了，未必一定會贏；拿了一手爛牌，打得好，機運佳，局面翻轉，最後卻能勝出。牌局常出人意料地改觀，一如多變的世事。真實的人生又何嘗不是如此？

多年後，父母親為照顧我們的下一代，隨我們連根拔起移居加拿大。陌生的環境帶來的孤寂感，讓他們倍加思念故鄉的親友，於是為排遣老人家的鄉愁，我們開始於假日打起家庭衛生麻將。二十元加幣打四圈，若沒打完就輸光了，沒關係，就「逛花園」，即不用再掏錢出來。一枱是一個夸特（兩毛五），底是一元，胡了四枱，就有四個夸特，等於一塊錢，加上底一塊錢，放炮的人就得付兩塊錢。這算是很小的牌，陪老人家玩而已。這樣的行情我們維持了三十年不變，沒隨著物價指數的上漲而調高。

自搬到美國後，每年於聖誕假期回多倫多探望雙親與家人。全家歡聚一堂，飯後，父親立即笑咪咪地望著我們。我們明白，他想打麻將了。通常是先生與弟弟上場作陪，姊姊與我倒茶添水打雜，偶爾也換個手幫他們代打幾回。有一年，先生先返回美國上班，弟弟有事也不在，姊姊與我同父母親坐上桌時，我突然意識到：好難得的組合，幾十年來，從台灣到國外，家中起碼有過百多場麻將，這居然是我們四個人第一次坐在一起打！

疏於練習，姊姊打得慢，又常出錯，而我也早早光了腳逛花園。提醒他們別胡我的牌，沒錢給，誰曉得才說完，我打了張牌出去，父親竟高聲大喊：「胡了！胡了！八對半。」「爸，我光腳，沒錢耶。」一準是八對半不容易胡，父親興奮得忘了，大家笑成一團。

自從那次打過牌後，沒多久，父親即雙眼失明，再也不能打了……心為之揪痛。沒想到那晚父母親與我們姊妹倆的牌局，是第一次，竟也是最後一次。

五、六年前，二老相繼過世，長眠於多城的松崗墓園。嘩啦嘩啦的麻將聲，自此，在我們家成了絕響！

夢迴紅樓——憶南女歲月

人一生中，總會珍藏著各種各樣的寶貴記憶，而台南女中六年的青蔥歲月，就像顆曖曖內含光的寶石，在我心深處不時發出質樸溫潤的光芒。

台南女中於一九一七年以「台灣總督府高等女學校分校」之名義創立，中間幾度改名，一九四七年定名為「台灣省立台南女子中學」，一九七〇年易名為「台灣省立台南女子高級中學」，簡稱「省南女」，二〇〇〇年因配合凍省政策，奉令

作者雲霞

改名為「國立台南女子高級中學」。今年十二月適逢百歲生日，校友會正在編撰百年紀念專書《南女風華一世紀》，邀大家一起來回憶在校生活的點點滴滴。

打開珍貴的記憶匣，記得當年考上口碑甚佳、聲名遠播的台南女中時，鄰居們都來賀喜。我懷著怯奮的心情步入校園，立見一座磚紅色的大樓矗立眼前，頓時被它的古樸莊嚴所吸引。日後我們曾在它二樓的禮堂，聽過景生然校長無數次生動的演講，也在鄰近禮堂的教室上過課，自此與紅樓結下了深緣，我們當時甚至以紅樓一詞代表南女。在生命的長河裡，這段與紅樓共晨昏的青春歲月，給我鏤下了深刻的印記。

景校長因戰亂隻身來台，終生投入教育。她總是身著一襲旗袍，風度優雅從容，且面帶溫和慈靄的笑容，讓人一見就生出孺慕之情。說著一口清脆悅耳的京片子，闡釋「公誠勤樸」校訓，並常提醒我們：身為南女人，要培養「德智體群美」五育的品德，言行舉止要合度，並有大家閨秀的風範。深受她言教與身教的影響，我們循規蹈矩，似乎從不曾有過叛逆的青春期。畢業多年，仍牢記著她與諸位師長的諄諄教誨。

剛自台大法律系畢業的楊慧英老師，亦是南女校友，教我們初一國文，是她，開啟了我對詩詞的愛好，可惜她只任教兩年即離開。我曾好奇地去谷歌搜尋，原來她一直在自己專業領域孜孜矻矻地研習。一九九二年奉派為最高法院法官兼庭長，並於一九九四年至二〇〇三年出任第六屆大法官。

鄭永言老師教我們幾何，一向讓人頭痛的數學課，在他活潑生動的教法下，竟使我們快速領悟，數學因而變得可愛易懂。一般投考乙組的同學，文史較強，數學較弱，而我大學能考上第一志願，得拜數學成績拉高了總分之賜，鄭老師實功不可沒。萬分感謝他為我數學打下了良好的基礎！

每次聽徐鑫華老師講國文課，我都十分專注。她人豪邁，聲音洪亮，總會帶出與課文相關的故事，引起同學們學習的興趣。我那時一邊聽，就一邊想，將來我也要當像她一樣的國文老師，於是把她的教法，連帶她說的故事都一一牢記心中，存為範本。

儘管大專聯考考進了外文系，但我對中文的熱愛未曾稍減。日後方領悟：老師的教法能對學生起到相當大的作用，甚至會影響學生今後一生所走的道路。教得好，學生有興趣，自會多花時間在這門學科鑽研，發揮潛力。

南女教育，不光是課堂上的知識灌輸，還注重五育的均衡發展。佘石陵老師教我們勞作課，寓教於樂。那個年代，學校空地不少，每班分塊地，學習耕種。老師親身示範，如何鬆土、播種、澆水等。課餘時間，大家總跑去看看菜苗長多高了，體會實踐「一分耕耘、一分收穫」的真諦，以及親嚐群力合作下所得成果的快樂。

在老師的帶領下，我們還於校園舉辦過露營。學習如何搭帳篷、生火煮飯，也正好用上了自己種的蔬菜。從沒外宿過，不敢想像不在家過夜，會是什麼情景，那時是既興奮又緊張。白天有童軍結繩比賽及一些活動。到了晚上，大家圍成圈，說故事、玩遊戲、看星星，學習如何尋找北斗七星。擠在帳篷裡嘰嘰喳喳，夜深了，還捨不得睡。如今回憶起來，滿心歡甜，可惜現今空地蓋了高樓，學妹們已無從享受當年我們在校園裡種菜與露營的樂趣了。

大會舞

學校不僅關心學科上的傳道、授業與解惑，也很注重術科課程，包括體育、軍訓、護理、家政、音樂、美術等。除了田徑，還舉辦各種球類活動，打籃球、網球、排球、羽毛球與乒乓球。允許我們課餘借球來練習，鍛鍊體魄，同時舉行班際球類比賽與疊羅漢比賽，促進同學間的交誼與良性競爭。台南太陽大，大家細嫩的皮膚都曬成了健康的麥麩色。

眾多體育老師中，令人印象最深刻的就是賀斌老師。一提起賀老師，她那爽朗的笑聲彷彿就在耳邊響起。除了「硬性」的體能課程，她還教我們跳「軟性」的土風舞，至今仍記得一些音樂與舞步。於校慶大會，她訓練全體跳木蘭從軍舞，穿上表演服裝，個個成了英姿颯爽的花木蘭。晚

踢正步

會上，還挑選了我們六位同學演出西班牙舞。也曾教我們跳大會舞於運動會上表演，白色的長帶飄舞出各種隊形圖案。一向安靜肅穆的校園，因為有了她，而平添了不少歡聲笑語。

我喜歡上軍訓課，除了學習軍事常識，練習踢正步，還能到校外靶場練習打靶射擊。尤其當換下了白衣黑裙，穿上卡其軍訓服與戴上船型帽時，顯出與平時不一樣的帥氣風姿，常忍不住在鏡前多看兩眼。

女生愛美，每天放學一回到家，即換下制服，將白衣黑裙照著褶縫疊好，放在枕頭底下睡覺時壓著，第二天起床後，穿上它，彷彿熨過似的平整，人顯得格外有精神。

高中班上談得來的同學，結成死黨（如今稱閨蜜），冬艷、肖娟、昌文與我成了「四人幫」。下課後常聚在一起，似有說不完的話，才放學分手，就期盼第二天一早趕緊到校見面。可惜昌文家搬去台北，她隨即轉學北一女。初始，還寫過信，日久終失去了聯繫，而我們其他三人則很幸運地考取了同一所大學，大一還安排住進同一寢室，至今仍時相往來。

雅秀、劉秀、惠英、美雲、貴惠、睦子、安玲等，從小學起一直至高中都同校，與雅秀、安玲甚至大學也同校。不論分隔多久，我們這幾人間的情誼永不會淡化。

畢業後如風雲流散的同學們，似散落一地的珍珠。十年前，在雅秀與乃賢的號召下，終於串起，於洛杉磯舉辦了第一次的同學會。見了面，大家忘了年齡，擁在一起，笑呀叫地，好不熱鬧，日子似回到了從前。

年華似水流，重溫當年一起走過的日子，在在都令人難以忘懷，可見往事並不如煙啊，其中還包括當時那說不清也道不明的「為賦新詞強說愁」的少女情懷——煙雨斜陽下，紅樓沐浴在淡金色的光影中，我斜倚著紅樓，望著窗外景色，沒來由地為那一片迷濛惆悵；鳳凰花開時節，看著那一片燃燒至天際的火紅，輕唱著驪歌，又為那無以排遣的離情別緒傷感……。

猶記得畢業典禮上，最後一次聽景校長致辭，心中絲毫沒有今後將「鵬程萬里」的喜悅。典禮結束，大家滿懷著難過與不捨，心情沉重地魚貫步出禮堂。

這一別，幾十年一晃眼就過去了，如今定居北美，遙望故里，不知學校起了多大的變化？夜裡，經常夢迴紅樓。日前還曾寫了一首每行各五、七、五字的漢俳詩：

〈行旅〉

人生似飄蓬，

飛越關山千萬重，

不復計西東。

不管我們飛離台南女中有多遠，心裡依舊念著它，不時沉浸在緬懷紅樓歲月裡。遠在異鄉，值母校百歲誕辰，未克返台共慶。於此，遙祝它如松柏長青，南女精神代代傳承下去！

夢迴燕潭——憶台南公園

記憶的寶匣裡，藏有兩塊無人可觸及的聖地，一是台南女中，另一是台南公園。

今年十二月適逢母校台南女中百歲生日，已展開一連串的慶祝活動，校友會並編撰百年紀念專書《南女風華一世紀》，我寫了篇〈夢迴紅樓——憶南女歲月〉共襄盛舉。

台南公園亦巧於六月開園滿一百年。市政府從一月份起就設計一系列適合不同年齡層的活動，將公園的文史資料轉化成富於想像、創意與詩意的藝術裝置，希望於親子活動時，播下城市記憶傳承的種子，同時在回顧公園百年歷史時，能產生愛護公園與大自然的心情。

我將台南公園深鎖心田幾十年的記憶寶匣一層層揭開，園中的嬉遊、燕潭的泛舟、過節的熱鬧……一一在腦海裡重現。

一九四九年，大陸失守，許多人撤退來台，大江大海是老一輩人心中不可磨滅的傷痛，而我們家卻早一年，於一九四八年即遷來此。聽母親說曾住過鹿港、鳳山等地，一城又一城，但對那些城市我毫無記憶。後來父親在台南地方法院謀得一職，遂舉家遷往台南，住在台南中山公園邊上，當時我們簡稱它為台南公園。

假日，父親帶著母親、姊姊與我到公園內一遊，巧與父親的遠房堂兄在公園裡喜相逢。大伯當年隨政府遷台，來台後，離開軍職，輾轉於台南公園落腳，經營露天茶座生意。

看大伯，忙來忙去，生意挺好。於面對著燕潭一池翠綠湖水的樹蔭下，擺上許多張可坐可躺的竹椅，供客人們一邊喝茶，一邊享受徐來的清風。有的客人甚至呼朋喚友，擺上棋盤下棋，或玩撲克牌，或閒聊，消磨整個下午。大伯雖請了幾個工人，仍忙不過來，於是懇請母親過來幫忙，代為掌勺，讓單身的大伯及工人不必老叫外賣，為吃食傷腦筋。母親一向急人之難，立即應允。每天來回走上一個鐘頭的路，上市場買菜，回來後切洗、燉煮、熱炒，她一手好廚藝，博得大家的讚美，個個吃得心滿意足樂開懷。勤勞的母親，甚至多搭把手，幫他們洗杯子、泡茶，然後再由他們給客人一杯杯送上。

那個年代，生活簡樸，沒有五光十色的娛樂。閒來，人們總愛扶老攜幼到公園走走。看群花怒放爭艷；看沿湖栽種的垂柳隨風款擺；看盤根錯節、鬍鬚垂地的大榕樹，把洋溢著青春的美景，調入了歲月的沉穩；看建於嘉慶年間極富人文氣息的重道崇文坊，忘情地去撫摸它，一遍又一遍。

母親每天忙個不停，鮮少時間管我這才進小學的小毛頭，而我則樂得在公園裡四處逍遙遊蕩。一放學就跑去鐵籠前逗弄猴子、溜滑梯、坐蹺蹺板、拿竹篾掃把捕蜻蜓、約同學玩踢罐子及跳方格子遊戲。陰雨天時，賣花生的姊妹倆阿珠與阿秀生意不好，於是向她倆買把花生，跟她們玩起彈花生遊戲。運氣好時，贏了她們的花生，拿去餵猴子。

除了茶座，大伯還兼營划船生意。二伯服務軍旅，休假時常來看我們。每回他來時，我們划著船，於燕潭湖心停下槳。他吹口琴，我唱歌。那時正上演根據沈從文小說——《邊城》改編的電影《翠翠》，由當紅的林黛與嚴俊主演，主題曲〈妳真美〉滿街傳唱。隨著琴音，我嘹亮地唱著：

搖船的姑娘妳真美，
茶峒呀找不到第二位，
大大的眼睛　長長的眉，
白白的牙兒　紅紅的嘴，
搖船的姑娘妳真美
茶峒呀找不到第二位，
身材哪不瘦也不肥，
聲音啊柔軟又清脆，
多少人呀想作媒，
哈哈哈哈……，
茶峒的城裡那一個配，
不知將來便宜誰呀　便宜誰。

邊唱邊幻想著，美滋滋地，陶醉得彷彿自己就是那搖船的姑娘翠翠，哪怕自己的年齡還差上一大截！

公園裡的年度盛事，就是中秋節。人潮洶湧，好不熱鬧。阿珠、阿秀用台語此起彼落地叫賣著花生：「土豆喲！來買土豆喲！」阿新推著手推車，上有小炭爐，賣熱氣騰騰的刈包。平日鮮少出現的老阿公，趁今夜人多，出來謀生。他佝僂著背，帶著年約十五歲的孫女，沿桌拉琴賣唱。還記得那是首台語歌〈孤戀花〉，隨著老阿公抖顫的琴音，孫女帶著扣人心弦的淡淡幽怨唱著：

「風微微，風微微，孤單悶悶在池邊；
水蓮花，滿滿是，靜靜等待露水滴。
啊～～，啊～～，阮是思念郎君伊；
暗相思，無講起，欲講驚兄心懷疑。

月光暝，月光暝，夜夜思君到三更；
人消瘦，無元氣，為君唱出斷腸詩。
啊～～，啊～～，蝴蝶弄花也有時；
孤單阮，薄命花，親像瓊花無一暝。

月斜西，月斜西，真情思君君不知；
青春欉，啥人害，變成落葉相思栽。
啊～～，啊～～，追想郎君的真愛；

獻笑容，暗悲哀，期待陽春花再開。」

看他們趑趄的背影，走過一桌又一桌，那份蒼涼，至今仍深印腦海。

許多人自備草蓆，鋪地而坐。大家邊吃月餅、柚子，邊賞月，作徹夜不眠的打算。母親直催我回家睡覺，我雖睏了，可是堅持要在公園守著，以免錯過月裡的嫦娥與小白兔出現。後來實在是撐不住了，眼皮不聽使喚，不知什麼時候闔上，歪躺在草地上睡著了，與露水共天明。

每天我在公園迎朝陽、送黃昏。日復一日、年復一年。我踏遍公園裡的每個角落，公園與我儼然已成一體。有一天，驚聞台南市政府要收回茶座的經營權，重新打造公園。大伯力爭無效，於是這曾帶給我無限美好回憶的茶座，就此走入歷史。

遠離了公園，好像身體的某一部分突然被抽離。我茶飯無思，精神恍惚，就像失了魂！放學後，好幾次想將單車從台南女中拐至公園看看。幾度思量與掙扎，終究沒去。那個年紀，整日「為賦新詞強說愁」的我，怕承受不了「物是人非事事休」的感傷。從此，將台南公園深鎖心田，成了無人可觸及的一方聖地。好幾次，它在夢裡出現，依稀是湖岸清風送爽，花香滿懷。我恍如往日般，於燕潭划著船，清亮地唱著「翠翠」的主題曲：

搖船的姑娘妳真美
茶峒呀找不到第二位

……

不知將來便宜誰呀　便宜誰

醒來，燕潭蹤跡已緲，一室寂然。惆悵中，那歌聲似仍在心湖飄渺迴盪。如同花瓣兒，拂了一身還滿的思念，卻依舊戀戀如昨！

壓傷但永折不斷的蘆葦——悼念王培五老師

前幾天收到台南女中同學素秋電郵，告知王培五老師已於二〇一四年六月二十四日清晨於她在美國自宅睡眠中離世，享年一〇六歲。追思禮拜訂於七月五日星期六下午三點在洛杉磯 Rose Hills Memorial Park, Whittier, CA 舉行。心中頓感一陣哀痛。

王老師一九三一年畢業自北京師範大學英語系，先生張敏之校長，為一九四九年「山東流亡學生・澎湖七一三事件」的犧牲者。

記得二〇〇七年底，許多同學由國外返台，參加台南女中九〇週年校慶，當時我正在多倫多與父母家人團聚，未克前往。校慶會上，同學間流傳著王老師感人肺腑的真實故事。這故事已由她口述，由資深媒體工作者——高惠宇及劉台平整理，於二〇〇〇年一月出版為「十字架上的校長」一書。校慶結束，曾同班的培珍返美後，特將此書寄來，我看了後方瞭解整個事件的來龍去脈。

書中記述山東煙台聯中的張敏之校長，於一九四九年率八千名流亡學生，追隨投奔遷台的政府，但因入台管制而暫轉澎湖。沒想到軍方因內戰兵員損耗，欲強徵這批中學生為兵。張校長為維護學生的受教權，挺身抗爭。當時三十九師的韓師長盤算跟與這批學生同為山東人的澎湖李司令爭權，竟誣陷張校長，將他以「匪諜」入罪，好達到他升官的目的。而在台北的保安司令部副司令兼總管保防業務的彭將軍望著自己肩上的兩顆星星，心想只要再辦幾件大案子，不愁成為三星上將，於是在公文上畫了押。張校長和一百多名師生就成了權力鬥爭下的犧牲品而被槍決了。這真是一場慘絕人寰的冤案！

先生為公義而死，王老師痛不欲生，但想著孩子，她得堅強地活下去。那段日子，她帶著六個子女，謀職不易、處處碰壁、特務又時加監視，備嚐人世艱辛。幸憑藉堅定的信仰及友人的仗義相助，方熬過苦難歲月，將孩子們撫養成人，陸續受完良好的教育，大女兒與二女兒為節省開支唸護校，其他四個孩子，都進了台大，相繼出國深造，拿了碩士與博士學位，學有專長，奮鬥有成。

以前她曾在仇恨痛苦中掙扎，後來閱讀聖經中「……惡人一定會受到審判……不需在世人面前求翻案，在上帝面前終會有公平的審判。」才幡然醒悟。自此以後，心中方放下對仇敵的怨恨，含辛茹苦，堅毅慈愛地帶領孩子從浴火中走出。全家在海外團聚，過著幸福圓滿的生活。

看完此書，不禁掩卷嘆息。王老師當年在台南女中任教時，認真負責，我們一點兒都不知道她所遭遇的悲慘命運，看不出她心中所承受的痛苦。她將內心深沉的冤屈化作一股力量，將無比的愛給了周圍的子女與無數的學生，還曾實至名歸地當選過全省最年輕的模範母親。

她的幼子張彤在書中引用神在聖經中的應許：「壓傷的蘆葦，祂不折斷；將殘的燈火，祂不吹滅。祂憑真實將公理傳開。」來描述他偉大的母親——是棵壓傷的蘆葦，但永折不斷。說得真好，貼切而傳神！

二〇一二年在台中開世界女記者與作家會議時，我特別向整理此書出版的高惠宇致意，告訴她我是王老師的學生，看過此書，甚為感動。為此因緣，我倆還合影留念。

已步入老年的山東大老們，希望在有生之年能看到澎湖案平反。一九九七年謝聰敏聯繫同為立委的山東籍葛雨琴（國民黨）、高惠宇（新黨）兩人合作，徵集到山東幫及藍綠各方的支持，一九九八年《戒嚴時期不當叛亂暨匪諜審判案件補償條例》先在行政院獲得同意，五月於立法院提出並立獲三讀通過。隨後，政府籌款於次年成立「財團法人戒嚴時期不當叛亂暨匪諜審判案件補償基金會」，所辦的第一個大冤案，就是澎湖七一三事件。二〇〇〇年澎湖案獲得平反。

二〇〇八年七月，張彤與澎湖縣長王乾發幾經商議，達成協定，同意縣府提供觀音亭西側海堤，成立「七一三事件紀念公園」，興建紀念碑。由縣府建設局協助指界、定樁、提供地籍資料，再交營建署負責施工。隨後於十三日在紀念碑預定地舉行紀念會，說明立碑理念，共同見證歷史。這不是要揭歷史的瘡疤，而是不幸的事件可以原諒，但不能遺忘。

王老師苦盡甘來，享受含飴弄孫之樂。孩子們在內華達州 Henderson 市，這個名聞全球的退休者天堂社區，皆買了房子。大姊與先生從紐約搬過來，由看護協同，一起照護母親。其他的孩子也常來陪伴母親。大家搶著要孝敬她，讓她過得健康快樂。

那年在台南女中校慶會上，聽聞她的子女將於二〇〇八年三月十五日在拉斯維加斯為她老人家慶祝百歲誕辰。同學們決定精心製作一特大生日賀卡，上百學生在上面簽名祝賀。歷經磨難，能屆百歲，誠屬不易，想必她老人家寬廣的心中是無疆天地，抬頭挺胸間，那開闊的氣勢是上得天，下得地，已達「百川歸海」與「萬物歸一」的境界，能裝得下……四海風雲，容得下……千古恩怨。

一眨眼，六年過去了，心懷坦蕩的王老師安詳地於睡夢中過世，相信她老人家不只是在兒女心目中、也是在我們學生、澎湖七一三事件倖存者的後人及許許多多尊崇她的人的腦海裡，留下了永不磨滅的深刻印象。

今天的葬禮，即使素秋安排代我們這一屆同學訂了花籃，以表哀思與敬意，可是未能親往加州惠提爾的玫瑰崗墓園獻上玫瑰，仍覺十分遺憾。

謹以此文，恭祝已安息主懷的王老師，在天國永享恩福！

不與紅塵結怨——悼念美之姐

驟聞美之姐於二〇一四年七月十六日在洛杉磯巴沙迪那市寓所過世，震驚不已。原期待日後有機會跟她說上幾句話，沒想到她竟悄悄地走了。

二〇〇八年，參加海外華文女作協在拉斯維加斯舉行的雙年會時，乍見迎面走來一位容貌清麗的女士，細緻的五官，優雅的氣質，彷彿是從畫卷中走下來的古典仕女。不知她是誰，只見胸前掛得有名牌，肯定是來開會的會員。初次與會的我，趕緊帶著靦腆的笑容向她頷首為禮，她亦回我溫煦的一笑。

於會中知道她是黃美之，為人雍容和順、蘊藉敦厚，大家稱她美之姐，並得知她曾坐過十年冤獄。想著監獄裡狹窄的空間對心理造成的壓力與傷害，不敢想像嬌弱的她，是怎麼熬過這十年鐵窗？

二〇一〇年，她出版了《烽火儷人》，忠實寫下她與孫立人將軍間一段不為人知的忘年情緣。那時我方從報章上的熱烈報導及如潮湧至的各方評論中，對她與整起事件有了較完整的認識。

年方二〇歲的她，初到台灣，在孫將軍轄下的女青年大隊服務。由於因緣際會，在孫夫人的安排下，成為孫將軍的英文秘書。一個是麗質天生、天真清純的少女，一個是帥氣、有膽識，散發出中年人成熟與瀟灑魅力的將軍，彼此互相吸引，就這麼自然發展出了一段刻骨銘心的戀情。

沒想到受孫將軍「兵變」案的牽連，一通電話，請她與她姐姐去台北問話，從此不曾回返，一關十年，一九六〇年四月才被釋放出獄。也許是上蒼對她的垂憐與補償吧，讓她認識了一位人非常好的德裔美國外交官，結為連理。婚後隨夫婿工作四處遊走。待回美國安居後，開始提筆寫作，至今出版了散文集《八千里路雲和月》、《傷痕》、《深情》、《歡喜》與《不與紅塵結怨》；小說集《沉沙》、《流轉》、《馬丁尼酒與野火》與《烽火儷人》。在這麼多本書中，我特別喜歡《不與紅塵結怨》這書名，顯示出她心胸的寬厚。

可惜只享有三十八年幸福美滿的婚姻生活，他先生便去世了，從此她更專注於寫作、主辦及協辦文學活動。

當她將《烽火儷人》短篇小說寫好後，反而幾度思量是否出版，於是請智庫文化出版社發行人華文衡幫她決定，她交給華先生一信封袋書稿，告訴華先生：「這裡面是我生命中一段珍貴的回憶，我不能決定是否要放在我交給你出版的新書裡，這篇文章中的歷史人物已經離開人世，我請你代我做這個決定。」

華文衡說他需要些時間來想想，才能告訴她最後的看法。這件任務讓華文衡想了整整一年。這一年，他重讀〈烽火儷人〉數十次，經常晚上去台北大安公園散步，看月亮、星星，坐在公園椅子上想同樣的問題：「這些往事出書，我敬愛的老長官孫將軍會同意嗎？」

二〇〇九年聖誕節前，他給美之姐的一封長信中，表達了他的看法：「妳能在年輕時候給一位偉大的人生命的動力和慰藉，那是妳一生非常美的感情，妳把它珍藏在妳的記憶六十年，將來有一天妳離開人世，妳有權利將它繼續塵封起來，永遠存在妳和孫將軍的靈的記憶庫裡，但另一方面，就因為妳和孫將軍都是在威權政治下，白色恐怖的受難者，這段往事，妳以小說的題材寫出來，對我們這些孫將軍的部屬，能瞭解我們尊敬的老長官，在國事艱鉅，身負重擔和惡劣的政治環境下，他生命能有這段像詩一般美的感情，來給他生命帶來支撐的力量，有多好。」於是這本書出版了。

很多人質疑，這段塵封已久的往事，為何在六十年後的今天重提？美之姐在《烽火儷人》序文中說：「對於這位將軍的豐功偉績，為他寫的書已很多。但對他的感情和他在一種很複雜的政治環境中所忍受的苦腦，我，應可說是有所瞭解。我覺得我不應逃避用筆來寫出我所知道的他的另一面。」

歲月流轉，並沒能轉掉這段甜蜜、辛酸、迷惘與無助愛情的回憶。往事並不如煙啊！相信有這六十年的醞釀，美之姐方能如此冷靜的來寫。她說：「因為是涉及到一位歷史人物，不敢杜撰；因是一種衷情，也無需花言巧語。正好將這一小段亂世情緣珍藏於一小小的空間。」

美之姐將冤獄賠償的十萬美元在洛杉磯成立了「德維文學協會」。二〇一一年底，她在紐約女兒處不慎摔了一跤，在醫院手術後手腳都上了石膏，休養數月方返回洛杉磯。看張錯教授所寫的「回眸」一文，了解當時「德維文學協會」幾位好友為美之姐於餐廳洗塵。她笑說不小心摔了一跤，把青春歲月都摔碎了。餐後，張錯教授扶著她，慢慢踱向停車場，月光瀉滿一地，她臉色有點蒼白，步履有點蹣跚，張錯教授的心有點黯然，不過今夕何夕，能與美之姐共享悲歌傳奇，他旋即釋然。回到家，有感而發，寫下了三句詩，後由簡捷、陳銘華與曉亞分別接龍回應，連句成了「回眸」詩一首。後來美之姐請台北的林兮老師及楊飛天，將此首詩譜成了動人的歌曲。三個月前，在聖地牙哥《弦外知音》會上，見到張錯教授，我還特別向他提起這首《回眸》，相信在我們心底對美之姐都有份永遠的感念。

跌了一跤，把青春歲月跌碎了，
星星偶然回眸，瞥見遍地烽火，
被白色禁錮的身影，浸著些許憂愁。
遙想金陵風流，艋舺韻事，
都成了隔世的將軍令，
攙著大姐的手，慢慢走。
月色下把遺忘的芳華拾回來，
拼湊成一生蠟染的花布，
攙著大姐的手，慢慢走。

邊聽這淡淡幽悠的旋律，邊想著美之姐跌宕起伏的戲劇化人生，心中不勝唏噓。自《烽火儷人》一書出版後，她應了了件心事。相信她若得知走後兩日，監察院平反了孫立人案，她心中對幽禁了三十三年孫將軍的牽掛，應會放下了。
祝福不與紅塵結怨的美之姐，一路走好！

緣深緣淺——追念喻麗清

二〇一七年歲末，一年將盡，回首這一年發生的大事，喻麗清於八月二日病逝的畫面閃現腦際。

那時報紙與網站紛紛刊登哀悼她的文章，有她一甲子情誼的老同學；十人合起來五百歲，成立「五百俱樂部」每月歡聚的好友；還有她託付傳家寶的知心文友與相交幾十年的摯友等等。那些深情厚誼，讓與她僅有一面之緣的我怯於提筆訴說心中的哀思。

細細想來，雖僅是一面之緣，但她曾對我進入文壇起到關鍵性的作用，讓我在這條文學的路上，開闊了視野，持續學習。能決定我後半生所行走的道路，這何嘗不是份深緣？

當年從多倫多搬到人生地不熟的新墨西哥州，心情抑鬱，開始提起鏽筆為文，將心中的酸甜苦辣盡情宣洩疏導於筆下，投稿至世界日報與星島日報。在星島任專欄作家的吳玲瑤有一天熱心來電話，讓住在半沙漠地區不認識任何大作家的我驚喜莫名。她教我將散見報端的文章集結出書並填寫申請表加入海外華文女作家協會。表格需有推薦人簽名，而我卻不認識會中任何人，吳玲瑤說不用擔心，要我將填好的表格寄給她。當收到她寄回的表格時，一看上面的推薦簽名是喻麗清，好一陣驚喜，對她倆的提攜後進，十分感動。

二〇〇八年參加於拉斯維加斯舉行的雙年會，見到那麼多心儀的作家，興奮極了。一文友向我走來，自我介紹她是王育梅，經常在星島日報看我的文章，很高興認識我。她後來還拉著摯友喻麗清過來，介紹我們認識。初次與會，靦腆的我不好意思四處走動，現竟見喻麗清當前，趕緊抓住機會向她表達心中的感激之情。

她給我的第一印象，溫婉清麗，真是人與文皆如其名。望著那和藹可親的笑容，一股暖流自心間淌過，頓時卸掉我初見名作家的緊張。待她走遠，整個人還輕飄飄地呆站原地。說真話，僅在報上看過她發表的詩與文章，很喜歡她的文筆，但對她的作品並沒深入研究過。說來慚愧，這種喜歡或許只是種朦朦朧朧的感覺。

大會結束後，王育梅不時寄來她擅長用碎紙或碎布拼貼的作品，與我分享。不管是「衣的風情卷」、「昨天系列作品」，還是零星的創作，皆令人驚艷。可看出在對往事濃濃的回憶中，有份掩不住的淡淡孤獨。好多幅作品根據喻麗清的詩所創，兩人搭配得天衣無縫，可謂摯友間的默契十足，尤其選自喻麗清《欄杆拍遍》自序中的這首〈我寫〉，曾引起許多人的共鳴，看後亦令我低迴不已。

我心中的愛……
多到無處可放的時候
我寫。
心柔念淨的時候
我寫。

寂寞孤獨的時候，
我寫。
我無端起伏的心情……
激得水花四濺的時候，
我寫。
我活得好累好辛苦的時候，
我便垂著眼淚，說：
「我感謝我能寫。」

多讀喻麗清的作品後，詩也好，散文也好，簡單的語句卻蘊含哲思，心裡曾有的朦朧感覺逐漸清晰起來。除了喜歡，還十分佩服她的勤奮筆耕，已出版六十五本著作，包括詩、散文、小品、小說、評論、兒童文學等。能將文風從最初抒情美文的抒寫，轉至理情並重，續發展出她自己的寫意風格，真是了不起。

她為人隨和、謙虛且熱誠，做事總是設身處地先為他人著想，一個心中有愛的人，全身自然散發出一種親切、祥和與樸實的氣韻。她還竭盡所能地推展海外文學的創作，成立了牡丹詩社，吸引眾多人一起來寫詩。

她擅長畫畫，看過她畫的花卉，十分清雅。越是多認識她一點，越是敬佩她是這麼個德藝雙馨的人。好希望再開大會時，能彼此熟悉些，以便近身請益。沒想到傳來她得了肝癌的消息，已不接電話，不看電郵，只好託王育梅與她聯繫時，捎帶上我的問候與祝福。

想來她病中，應是如她的詩〈窗〉中所寫——「守在心靈的窗畔，看遍生命一幕幕絕美的風景」。

等待中，大家懸著心，冀望奇蹟出現，誰知道她還是走了。雖萬般不捨，但對她來說，這或許是種解脫。遺憾的是，我再也不能與她相見，無從近身請益。原以為決定了我後半生行走的道路，我倆應是緣深，誰知竟是如此緣淺。唉，緣深也好，緣淺也罷，想必冥冥中一切自有定數，強求不得。

一轉眼，她已走了近五個月，善良的她是否早已化身為她〈蝴蝶樹〉一文中的瑪瑙蝶？願她翩翩飛靠在她依戀的蝴蝶樹，然後再朝另一個世界飛去，當了天使。

寒夜中，送上我衷心的祝福！

輯三 生活剪影

1 / 2 | 3

1.灼灼其華（後院桃花）
2.多城來去（左二先生與大兒子一家，右二作者雲霞與小兒子一家）
3.秋山又幾重（沙丘鶴引頸高歌）

花開蝶自來

古時游牧民族逐水草而居，現代人卻是逐工作而居。憶當年，先生因工作調遷至美國西南部的新墨西哥州，我不得不辭去銀行工作，離開這一生居住得最久的城市多倫多，隨他搬往該州最大的商業城——阿布奎基（Albuquerque）市。

飛機臨近阿市上空時，我好奇地貼近機窗朝下遙望，怎麼大地是一片乾黃？還沒下飛機，就開始懷念多倫多有眾多湖泊滋潤的蒼翠。

當把運抵新家所有紙箱一一拆開，歸類佈置好後，就開始尋找工作。這時，才發現這個城市的銀行沒有與國際接軌的交易員（Trader）工作，於是，只好接受先生的建議，提前自職場「退休」。

賦閒在家，感覺這陌生的城市靜得出奇。屋前，住宅區的街道在上班與上學的人潮陸續走過後，就不見一個人影。回望屋後，寬廣的院子裡更是寂靜無聲。天好藍，卻藍得那麼單調；陽光好炙熱，卻炙得我皮膚發痛；山好枯，卻枯得我兩眼乾澀。我好想念多倫多！

以前這個時候，在多倫多上班的我，正忙個沒停，眼觀四方、耳聽八方。看螢幕上的財經消息，聽擴音器裡傳來財經經紀報上的即時資訊。該買該賣？該借該貸？必須不能出一點兒差錯地做出為銀行帶來最大收益的決定。

習慣在職場扮演忙碌且重要的角色，如今生活沒了重心，那份清閒，讓我覺得空落落的，情緒盪至谷底。不想讓家人擔心，沒敢訴說，壓抑在心。大半年下來，終於病了，得了憂鬱症。

探索源頭，既然那麼思念多倫多，緬懷過往，那麼就回去一趟！可是當站在已不屬於我的熟悉街道上時，突然明顯地感受到，過去的就是過去了，休戀逝水，再怎麼思念也沒用，一切已經回不來了。

返回阿市，斷然揮別過去的我，不再徬徨。心定後，提起荒疏幾十年的鏽筆，重拾學生時代的作家夢，找回了生活的重心。彷彿重生般，開始好好過日子，重新打量這個城市。

晨起，開門見山，眼前的聖地亞（Sandia）山在晨霧繚繞下，有了仙氣，不再是過去眼中的一片枯黃；天藍得那麼純，有時還會有白雲變幻出各種奇妙的圖案，看來一點也不單調；炙熱的陽光，透過乾淨的空氣，直接照到身上，不嫌痛，還十分慶幸沒有重工業的污染。原來，拋去執著，換個角度看事情後，一切與前大不同，心境也隨之欣然舒朗。

格蘭德（Rio Grande）河從北邊的科羅拉多州流下，是唯一一條貫穿此州而過的河流，提供日常生活及灌溉農田所需，稱之為母親河絕不為過。每天先生與我到住家附近的格蘭德河步道晨走，道旁河渠岸的楊樹（cottonwood），隨著四季的變化而有多種風貌。春來嫩綠；夏來深濃；秋來金燦；冬來枯瑟。邊走邊欣賞這年年周而復始生生不息的景象，體悟出：人生不也如此？

走進班德利爾國家遺跡公園（Bandelier National Monument），看到這一百萬年前，因附近火山爆發，岩漿奔流擠壓所造成的壯觀峽谷，還有崖壁的凝灰岩，經歲月的侵蝕，有了大小不等蜂巢似的洞穴時，我深深為大自然的鬼斧神工驚嘆。

旅遊中心小冊子裡記載著：「十二、十三世紀，印地安古代部落人（Ancestral Pueblo people）遷居於此。在地下鑿坑屋（Pit House），做宗教祭祀儀式、重大決定與傳播知識用，被稱為Kiva，並用泥土混著木與石頭燒成的磚坯建造Adobe式住屋。當狂風暴雨來襲，還可避居崖壁的洞穴裡。在他們建造的聚會場所，四處洋溢著歡聲笑語。代代相傳，這裡就是他們安身立命的快樂天堂！」沒想到四百五十年後，他們不得不捨棄一手辛苦打造的美好家園，再度遷徙。真是可惜，想必是乾旱天災與賴以為生的資源告罄。

慨嘆之餘，我一陣觸動。想來不只是我，這古代部落人即使再愛他們的家園，哪能執著不放？不也得萬般不捨地離去，尋求新生活？

享譽畫壇的歐姬芙（Georgia Totto O'Keeffe，一八八七－一九八六），第一次來到新墨西哥州，就對這裡雄渾豪邁的大自然景觀一見傾心。一九四九年她從紐約搬來，定居於離州政府所在地——聖塔菲不遠的幽靈牧場（Ghost Ranch）。

當站在這遠近聞名的牧場時，見荒野紅色的泥土裡，散布著東一叢西一叢的沙漠植物，泥土路就這麼一直延伸著，直至遇合起伏的山丘，一起臣服於廣袤的藍天白雲下。如此蒼茫遼闊與荒涼沉寂之美，讓我頓感自己是那麼地渺小，是粒不折不扣的微塵，那紛擾的世事更細渺得不值一提，人世間還有什麼好計較的？

從歐姬芙的畫室可望見她心愛的皮德農山（Pedernal Mountain）。她視它為聖山，朝夕深情相對，曾說：「它是我私密的山。屬於我的。上帝告訴我，如果我畫它，畫得夠多，我就能擁有它。」

「畫得夠多」四個字頓如醍醐灌頂，那不是提示工夫要下得深嗎？否則如蜻蜓點水，又怎會擁有心中所想要的？反覆咀嚼此語，牢記心頭。除了繪畫，亦可將其運用到音樂、文學、藝術等諸多領域。這提示實在是讓我受用不盡，該是此行最大的收穫。

想起全心投入佛朗明哥舞的朋友蘿絲，她是離了婚的單親媽媽，與女兒相依為命，女兒卻不幸命喪車禍。為此，她深陷痛不欲生的泥沼，直到有天翻看到女兒的日記，裡面寫著：「希望最愛的媽媽每天過得快快樂樂！」方才驚覺再也不能沉湎於痛苦的回憶中，女兒已經回不來了，過去的就讓它過去吧！於是，奮力振作起來，開了家名為「沙漠玫瑰」（Desert Rose）的舞蹈工作室。她工夫下得深，方能培養出許多優秀的舞者，享譽舞蹈界。

面對無常，蘿絲終能轉念，重新站了起來。她的醒悟也給我大大地上了一課。《菜根譚》裡有句話：「山河大地已屬微塵，何況塵中之塵。血肉身軀且歸泡影，何況影外之影。非上上智，無了了心。」後院原是一片荒漠，請工人來修了圍牆，剷除渾身帶刺的滾動草（Tumbleweed）。整好地後，起風時，但見漫天沙塵滾滾而來，趕緊買來桃、李、杏、梨、棗、櫻桃等果樹種下，還闢了菜園，鑿了個池塘，企圖綠化這荒原曠野。

初始，一瞧這些瘦伶伶的枝幹，起不了防護作用，歐姬芙的「畫得夠多」和蘿絲的「全心投入」閃過腦際，於是為免於被炙熱的陽光曬枯，我們勤澆水，也按時施肥；為免怒號的狂風將枝幹吹倒，就在兩邊各打下木樁，用粗繩將枝幹環繞分綁在木樁上固定好；野草瘋長，偏偏又不能圖快灑農藥，為免分食了養分，只好花時間將它一根根拔除。

早也看，晚也看，幸喜這些樹在「朝朝頻顧惜」下，熬過第一年，存活了下來。三、四年後漸漸枝繁葉茂，開始茁壯起來。春來，粉嫩的花朵開滿一樹，桃紅、櫻緋、梨白等，競相爭豔，煞是好看。

池塘裡，種下荷花與睡蓮，可惜荷花第二年就沒能存活，也許是這裡的氣候不適合。花壇再輔以玫瑰、鳶尾、芍藥、金針花、鬱金香、薰衣草、大立菊、金盞菊、波斯菊、大麗花等。幾年下來，睡蓮已滿池塘，壇裡的花枝也長高大些了，花朵依序盛放，園裡一片姹紫嫣紅。

有一天，居然在我們家後院，驚見蝴蝶翩翩飛來，甚至還有蜻蜓、蜜蜂、蜂鳥、野鴿等。幾年下來的努力，功不唐捐，四周的生態環境有了改變，終於引得牠們前來。環視當初這不起眼的城市，如今卻已成為了我心中的桃花源。

「花若盛開，蝴蝶自來。人若精采，天自安排！」這段話為此作了最好的詮釋。

骨折

二〇一四年十月二十四日，海外華文女作家協會於廈門大學召開為期三天的雙年會，圓滿閉幕後，二十七日至福建泰寧大金湖旅遊。我們住在環境清幽且風景秀麗的別墅山莊，不過它座落於斜坡上，得走幾個階梯，再走幾步平地，接著走幾個階梯，又再走平地……一路往上延升。

怕階梯不好走，我總小心翼翼。十月二十九日，沒想到停留那裡的最後一天，於清晨離開時，從高坡一路走下來，以為到了平地，誰知左腳卻於最後一階踩空。這一摔，站不起來，寸步難移。馬上送醫院照X光，左腳踝骨折，加一小塊骨頭移位。醫生說要開刀，想想兩個鐘頭後我們得搭動車回廈門，然後坐船到金門，參加金門文化局的歡迎酒會。問明醫生，手術兩星期內動還可以，於是我決定隨團到金門，醫生就先做了簡易L型石膏固定。

大一暑假時參加過「金門戰鬥營」，離開後一直教我念念難忘。任何時候想起金門來，它的點點滴滴都會在心中洶湧澎湃，多麼渴望能重回斯地！現在終於到了，怎捨得讓它失之交臂？何況先生從沒去過，也不願他錯失一睹金門的機會，於是強忍著，這兩、三天全靠先生帶在身邊的止痛藥撐著，直至行程於十月三十一日下午結束後，馬上飛抵松山機場，老友蔡先生來接機，即趕至萬芳醫院掛急診。

門診醫生重照了X光片，確定骨折，腳腫脹瘀青，且腳踝四周起了八、九個好大的水泡。他用針一一刺破後，重新包紮，打了破傷風針，並拿了止痛消炎、鬆弛肌肉的藥及一管欣黴素軟膏，給我訂下了三天後的骨科醫師看診。

這天一早即到醫院，等了幾個鐘頭後，方輪到我。骨科醫生再度重照X光，也許他已看了許多病人，累了，似乎連話都懶得說。好奇地問他是否要打開看看我的腳，他竟不以為然地直視著我問：「妳是要我打開紗布看看嗎？」我心想：好奇怪，做醫生的要醫病不就該看患處嗎？打開後，他看到水泡又多新長出來，刺破水泡處的皮膚皺皺爛爛的，就說已不能開刀。問他移位的骨頭怎麼辦？回說移到哪兒，就隨它長在那兒。看他態勢，已是結束看診的模樣。忍不住又問瘀血怎會蔓延至膝蓋？他回說這是正常現象。這醫生頗有大叩大鳴，不扣不鳴的味道。若不是我問，連止痛藥都懶得開。

好友晚上來電詢問情形，提醒並建議我應多看一位醫生，好有個second opinion。

翌日，蒙先生同學林先生推薦，去他熟識的一位台大醫生在板橋開的私人骨科診所看，照了X光，這醫生打開包裹的紗布說水泡破皮，血肉模糊的樣子，是不能開刀，可是待皮膚長好時，已過了好幾個禮拜，也無需開刀了，骨折就由它自己慢慢癒合。他反倒是很擔心我的瘀血蔓延，這是壞現象，怕會造成蜂窩性組織炎。叮嚀我這兩天要密切注意，如果有發燒、感冒現象，且瘀血繼續往上跑，要馬上到醫院急診，住院治療。

給我打了兩針，將水泡處先消毒，然後敷上藥重新包紮，並拿了抗生素及止痛藥，這樣處理讓人安心些。台大醫生說這兩天如無發燒上醫院急診的話，十一月六日再去他那兒，給腳換藥，每兩天換次藥，若我想就近在萬芳換藥亦可。想想他比較認真細心，雖遠，還是到他這裏換吧！

自腳跌傷後，不能行走，拐杖又不好使，記得在金門上下遊覽車時需又跪又爬，極為不便。日常生活的如廁、沐浴等皆有難處。以為七、八年前右腳掌面粉碎性骨折的惡夢已遠，誰知竟又重演?!心中不覺淒然。面對朋友的慰問我笑臉以對，將那份痛楚吞進肚裡。

生活中許多事，以為自己已十分小心，可是剎那間，它就那麼令你措手不及地發生了，無奈啊。想來人一生中，總是要一次又一次學會平靜淡定地去面對生活中的諸多磨難與無常。

一路上女作協的眾文友紛紛致上溫暖的關懷，岱安還幫提頗重的手提袋；先生的老同學林先生及老友蔡先生更是伸出援手，接送並陪同看醫就診，心中好過意不去；還有我的親人、好友、同學們、格友們的親切問候；小姑更遠從高雄提了大包小包吃食趕來探望。最銘刻於心的是先生一肩挑起重擔，細心體貼地照顧我這拙妻的生活起居。

坐在輪椅上，臨窗遠眺，思緒萬千。病痛時的心靈特別脆弱，心中滿懷感激。親情、友情似水，充塞胸臆，四處流竄，齊匯聚至眼眶。眼前，起了層水霧，眺望中的遠山，霎時，像幅水墨畫，暈染開來……。

返美後

由於骨折，在台時，每兩、三天就得去看醫生。當告訴醫生返美日期，他要我們延後兩個禮拜，擔心十幾個小時的長途飛行，不能行走的我易得血栓，並說等水泡破皮處乾透，能全部打上石膏固定後走較好。實在是不想繼續給朋友添麻煩，醫生看我們不願延，也就勉為同意我們如期返回。

打電話聯絡長榮航空公司，一路上安排好機場輪椅服務。抵達洛杉磯時，長榮機場服務人員推著我，沒經平時冗長的安檢，優先快速通關。他們甚至多加一人，幫忙推我的行李。步出國際機場，約再走二十分鐘轉進國內機場，搭乘西南航空的飛機回新墨西哥州。

飛機準時抵達，好友已帶著輪椅來接，還有親自做好的餐點，連水果也備齊，甚至準備了兩件禦寒的外套，怕我們走時是初秋，回來已是冬天，會冷。這份貼心的關懷頓時溫暖了我們旅途疲憊的身心，也驅散了冬夜的寒意。

次日，即電約足踝骨科醫生看診。帶上在台北照的X光碟片供醫生參考，但她還是給我重照了X光，看斷裂的骨頭長得如何？她很滿意地說骨頭沒長歪，不用開刀，就等它自己慢慢癒合。沒給尚未乾透的皮膚上藥就貼上了紗布，綁上了繃帶。問她怎麼瘀血腫脹還沒全消？「沒那麼快，還要個把月。」

長途飛行，血液循環不良，加上因怕上洗手間的不便，不敢多喝水，醫生擔心這樣會有得血栓的可能，要我每天早晚各打一針，打上十天，共二十針，自己或先生幫忙打。我哪兒敢？只有拜託先生打時手下留情。醫生已將處方電傳至藥房，回家途中，順道去藥房領了針藥，當晚就開打。

心想先生從沒給人打過針，休閒活動就是種菜，可別把針當鋤頭使。我如待宰的羔羊，不停地祈禱。他做事一向講求快速，酒精棉球在肚皮上一擦，還沒乾呢，立時就這麼一針扎下去，痛得我大聲驚叫：「能不能輕點兒？」每次打針，都像上刑場似的。我搬著指頭算，這是第幾針了？還剩多少針？臨到第九針時，感覺那痛就好像整個針頭全戳進去了，忍不住淚漣漣，先生也跟著緊張，兩個人的情緒都大受影響。先生無奈地放棄道：「妳不像是會得血栓的樣子，不打了！」

回來後，每天我都乖乖喝很多水，不時地動動腳趾頭，按摩小腿、膝蓋，以不傷到腳踝為原則，做抬高腳並彎曲膝蓋至胸部的運動，也不相信自己會得血栓。骨折所遭受的疼痛與不便已夠慘了，幹嘛還要受打針這個罪？好，就不打了！真要得了血栓，我也認了。這決定一下，兩個人都如釋重負。

第二天，驚見客廳茶几上，擺放了一瓶插著鵝黃、酡紅、粉紫的鮮花，先生說：「沒買到妳最喜歡的香檳玫瑰，不知這束妳可喜歡？」「好喜歡！」以往他總是在院子裡剪各種含苞待放的花送我，這次破例上店裡買，深感他這份心意，不是香檳玫瑰，我照樣喜歡！

回到熟悉的家，生活可不是一切如舊。行李箱擱在地上，無法收拾；早晨也不能沿著格蘭德河步道行走；家事更是偏勞先生承擔……坐在輪椅上，生活機能不再靈活，步調慢了下來，免不了浮想聯翩。

想起在台時，同學朋友們陸續來探訪，暢聊過後，楊於電郵裡寫著：我們這幾人的小聚是「一期一會」，他還附上這四字的出處與含義。原來是出自日本茶道用語，「一期」表示人的一生，「一會」則意味著僅有一次相會，勸勉人們應珍惜身邊的人，珍惜每一次的茶會。它也與日本禪當中的「瞬間」概念有關，意味著每一次的茶聚都是獨一無二的。好個「獨一無二」！的確，這是不能複製的，即使是同樣的人與景，隨著時間的移換，心境會不同，氣氛就不同，那感覺也就絕對不同。細細體味，焉能不好好珍惜每次獨一無二的相聚?!

友情如茶，香而清純，我讀出了楊心中對同學間情誼的珍惜。過去在校時，太年輕，不懂。那時每個人都有各自的人生要奮鬥，就像登山，一心往上爬。現在已登上人生旅途的巔峰，慢慢往下走時，才驚覺、才懂得要好好珍惜。

走前那幾天，台北飄著濛濛細雨，四周綿延的山在滴翠，從朋友木柵住處，可眺望到貓空纜車，而現在眼前卻是孤絕的聖地亞山，我彷彿從輕柔的煙雨江南，回到了粗獷的塞北大漠。突然，沙漠的風，夾著雷霆萬鈞之勢，呼嘯而來。望向窗外，翩飛思緒中對過往的憶念就像揚起的塵埃，隨著狂風飛舞。相信待夜深風停以後，一切會是：塵歸塵、土歸土。

這一陣子，放不下手邊待做的事，急急趕著，沒料到體力不濟，人竟倒下，躺了好幾天。或許是腳傷、或許是不自覺積累的體力透支，最終身體發出了警訊。

病中，想了好多事，似悟非悟。夜半醒來，無法再入睡，卻未起身。在暖和的被窩裡，讓經誦，於心底一遍又一遍地響著，就那麼～不思前，不思後，不思當下，將那隨風飛舞的憶念所攪起的圈圈漣漪，念至如鏡波平，寂靜的心湖映出一朵蓮的澄明！

灼灼其華

去年入冬以來，美國東北部地區數場暴風雪肆虐，冰雪封凍，創下紀錄。我所居住的新墨西哥州地處美國西南部，暖和些，通常即使下雪，第二天經威力強大的太陽一曬，也就融化了，很幸運地從來不需掃雪車清理街道，不過上個月底居然連綿不斷下了兩、三天雪，太陽沒露臉，路面就破記錄地積了雪。見台灣的朋友屢捎來櫻花盛開的照片，一片春光明媚的景象，好生羨慕。以為我們這兒的春天會被那場風雪給推遲，沒想到它竟如期於三月中旬來臨！

左腳踝骨折五個月的我，經由初時坐輪椅，進而用雙拐杖，然後單拐杖，到日前隨著忽然而至的春天，竟能拋開了這些「枷鎖」獨立行走，如同春風拂面，心裡的喜悅難以言喻。哪怕走得不很穩，也走不久，一抬腳，依然會痛，更不能隨意蹲下站起，可是這一份似重獲新生的「自由」，已讓我迫不及待地出去擁抱春的氣息。走向內院牆外的果園，滿樹桃花正以絢麗浪漫之姿迎接我。真是「滿樹和嬌爛漫紅，萬枝丹彩灼春融」。

眼前這俏立枝頭的千萬朵桃花，匯成了一片醉人的花海。腦海裡，立時浮現《桃夭》，《詩經・周南》裡的名句「桃之夭夭，灼灼其華。」它用桃花來比喻嬌艷的少女，十分生動，尤其「灼灼」這兩個字，更給人種明亮照眼的感覺。清代學者姚際恆於《詩經通論》裡寫道：「桃花色最艷，故以喻女子，開千古詞賦詠美人之祖」。誠然！

這首祝賀女子出嫁之詩，讓我想到傑克邀請我們周末去他家茶敘，他兒子下個月即將迎娶來自台灣的女孩，他們曾是大學同學。傑克要介紹我們與提前從台灣來參加婚禮的新娘雙親認識，好與他們以母語交談，給他們種親切感，免得不會英語的他們在外國人中感到不自在，傑克真是貼心周到。心想周末去時除了點心、水果，何不帶上桃花數枝以供瓶插？蘊含祝福新嫁娘「之子于歸，宜其室家」之意。曾見過新娘一面，她長得蠻清秀漂亮。祝福她不只擁有外在美，內在也美，有顆善良的心，使婚後生活過得和順美滿。

蜜蜂在花間上下左右飛舞，嗡嗡聲吸引了我的注意，瞧它們這麼忙碌，只要不刮風，也許今年會豐收吧？自從搬到這郊外空曠處，沙漠的風，長驅直入，呼嘯而來，怒吼而去。花褪後，結出的小桃子，就這麼被吹落一地，好心疼。不似舊居，與鄰里共圍牆，風被各家院子的層層花樹遮擋，果子得以恣意生長。

記得還居舊家時，有一年，邀朋友來家裡餐敘，蘭西看池塘邊上的桃樹結滿了果子，樹枝被壓得不勝負荷，彎得幾貼近池塘，熱心地告訴我：「趁桃子還未紅透，入口爽脆，摘些下來，我幫妳醃，免得枝幹斷掉。」

幾天後，當一口咬下她醃好的桃子，不敢置信，居然是久違了的純台灣風味！一陣感動，趕緊問她是什麼秘方醃製？

「桃子表皮有細毛，先用鹽水搓洗，再用熱水燙過，待涼，分裝數個塑膠袋，每個袋內放入適量的甘草粉與話梅，不時翻動攪勻，然後擱進冰箱，過幾天，桃子入味，就能吃了。」走時，我把醃好的五袋桃子，留下三袋給她，拎了兩袋回去與家人朋友分享。

疏果後，桃子的個頭的確是較往年大些。盛夏，顆粒逐漸變大轉紅，映眼的綠枝上綴滿了紅桃，煞是好看。待它再長大點兒，個個圓潤飽滿散發出果香時，摘下入口，哇，汁多肉甜，彷彿是吃水蜜桃，嘖得出汁來。心裡樂滋滋地想，那美味，即使是王母娘娘壽宴上的蟠桃，也不過如此。如今想起來，還垂涎不已呢。

桃樹，結實纍纍，枝繁葉茂，難怪《詩經》後段寫的是：「桃之夭夭，有芬其實，之子于歸，宜其家室。桃之夭夭，其葉蓁蓁。之子于歸，宜其家人。」語言極優美精煉，比喻與祝福又極為貼切，古人的眼光與才情實在是令人嘆服！

來去多城

掃雙親墓

由於腳傷，今年沒能於清明節時前往多城掃雙親墓，遲至四月下旬方啟程。一路上，心情沉甸甸地，當飛機一著地，沒想到氣溫竟是攝氏零度，冷風迎面撲來，那股寒意更添心中淒清。

車彎進松崗墓園，夢裡已來過千百回，一切看來是那麼的熟悉，一點兒也沒變。蔚藍的天、挺拔的松、方沉的墓碑，景色依舊，寂靜依舊！來到雙親長眠處，心中一緊，今天恰是父親走了兩週年的忌日，母親也已離世三年多了。哎，時間過得可真快，轉瞬又是一年。

姊、弟，加上先生與我，四人點上香，向雙親跪拜致敬。明明知道，他們已在另一個世界，不能言語，還是忍不住向石碑上鑲嵌的父母合照問聲：「你們可好？是不是很想念我們？」如同他們生前，我絮絮叨叨訴說著別後滿腔的思念，並一一稟報家中每個成員這一年來的近況，從子女、孫輩、到重孫，不曾遺漏，以免二老牽掛。

離去時，跟父母道聲：「再見！明天再來看你們。」

回程中，姊姊問我，這次來可否陪她將身後事於生前辦好？乍聽，一驚，隔辦喪事的年歲，姊姊應還算「年輕」，身體也硬朗，怎會興起此念？其實心中明白，早辦好，除了可按自己意願，也替子女省事。只是一想到人過世後的生死兩隔，不由得十分難過，怕勾起姊姊也難過，未敢多言語，僅點頭應允。腦海中，立時浮現當年陪同母親置辦身後事的情景，這些事彷彿還近在眼前，怎麼這麼快就要再重複來過？人生真的會如此無常嗎？不，但願不！

失去雙親的痛猶在，難堪承受與親人的再三分離，何況是與我一向情深的姊姊。這一夜，心淒淒，睡不踏實，夜半醒來後，無法再入眠。

第二天，去墓園向父母跪拜致敬後，來至管理處。姊姊計劃火葬，在接待人員的帶領下，我們看骨灰罈與擺放骨灰罈處，也看棺木。接待人員解說：即使是火葬，還是需要棺木來承載，不過棺木品質有所不同，需要被瞻仰儀容的，可買精美貴一點的，不需要的，反正是火化掉，就可買材料及雕飾簡單點的。至於陳列的骨灰罈中，有一個通體翠玉色，四周刻有心經與蓮花圖案，蓋頂蓮花上有個佛字，姊姊篤信佛教，一眼看中，就是它了。

接著帶我們去看擺放骨灰罈的處所，那棟樸素的平房，按密碼後才能進去。一踏入大廳，眼前高挑的屋頂，立即給人種莊嚴肅穆的感覺，加上四周整潔寬敞，佈置又典雅素淨，姊姊很滿意。轉進擺放骨灰罈處，原有的位置已售罄，新立的一排架子尚有空位，最底與最高層，售價較便宜，中間（eye level）的較貴。接待人員推薦一個有View的位子，透過巨大玻璃窗，能看到室外美麗的園景，我心中掠過一絲疑問，人往生後，還能看見塵世的風景嗎？

走完墓園一圈，就進入會議室，聽接待人員講解其他細節，譬如殯葬服務包含的項目、何種儀式、價目、付款方式等。雙方有問有答，平穩淡定的音調在空中瀰漫開來，我心中不禁又飛起一個疑問，為何談論「死」這等大事，聲調竟能如此冷靜？

家庭團聚

按照慣例，每次飛多城前，我就先致信給多城家中每位成員，敲定抵達後請他們於餐館聚餐的日子，希望屆時每個人都能出席。於老地方——「味香村」，包下放兩個大餐桌的房間，除離世的雙親與去年搬至西雅圖的小兒子未能出席外，先生與我，加上住多城的家人共二十二人歡聚一堂。

母親生前最喜歡看全家人團聚共餐，想當年這個家僅由她與父親兩人組成，逐漸增至二十四人。當重孫輩叫她一聲太婆時，那簡直是天籟，她樂得心花怒放。她走後家庭成員又添了一人，增至二十五人。姊姊大女兒墨墨，婚後原希望只生一次，最好是能生對龍鳳雙胞胎，有兒有女，一勞永逸，四年前果真如她所願，大家驚喜極了。決定不再生的她，看這對混血雙胞胎好可愛，決定再生，去年又添了個小壯丁。姊姊抱著他，我趕緊拍下他圓圓的大眼、長長的睫毛、捲捲的頭髮，沒滿一歲，居然會把嘴撅起，做出「雞嘴巴」的樣子，模樣惹人疼愛，母親如在，看了一定樂開懷。

離開多城十六年，年年回去，卻是第一次適逢母親節。兒子媳婦們幫我慶祝，於「龍珠匯」聚餐，過得溫馨又熱鬧，看他們與孫兒女們兩家生活過得幸福美滿，我好感恩！

即將返回美國，臨別，一一擁抱他們，熱烈傳達我心中對他們無盡的愛與離情依依。
再至父母墓前，叩別，無從擁抱，深深凝視碑上的照片，滿懷敬愛與無限依戀不捨！

秋山又幾重

遠遊歸來那晚，飛機抵達欲降時，將臉貼著窗，渴慕地俯瞰不遠處閃爍的城市燈光。當機輪平安著地的那一剎那，機艙內響起了掌聲，我突然生出種莫名的興奮與感動。環視四周，儘是棕髮碧眼的外國人，明明是異鄉，可是抵家的喜悅卻滿溢胸懷。多年下來，我早已將這異鄉住成了故鄉！

踏進家門，幾近午夜，擱下行李，眼前熟悉的景象，讓旅遊在外飄盪的身心頓時安定下來，想怎麼坐？愛怎麼躺？是舒舒胳臂？還是伸伸腿？都行。隨意自在，愜意極了，我回到了家！

人真是矛盾！在家待久了，靜極思動，就想出去旅行，看看不一樣的風景。走過一城又一城，風塵僕僕間，又懷念起靜坐院中，於池塘邊品茗賞月的寧謐時光。

次晨一起身，趕忙到前後院瞧瞧。走時初秋，歸時秋已濃。玫瑰凋零，菊花正絢爛盛放。一隻沐浴在晨曦中名為「走鵑」（Roadrunner）的新墨西哥州州鳥正棲息在牆頭，陪我一起向遠處眺望。

聖地亞山山腳下，被秋林染黃。開車到我們平日散步處，停好車，踏上步道。秋陽灑在道旁高大的棉白楊（cottonwood）樹上，葉片透閃著澄黃亮光。已是深秋，雖然沒見著它幾星期前金燦燦的盛貌，可是在我心中遲暮的它依舊美麗耀眼。

河渠旁一戶人家院前的空地裡，曾種過玉米，收割後，引來許多沙丘鶴停留覓食。飽餐完，牠們心滿意足地引頸高歌，咯咯聲響徹雲霄。好一幅豐盈美麗的秋景畫面！

調整好時差，生活也漸漸邁入常軌，先生退休前的同事洪雲適時從天津來此出差。因先生以前曾出差天津多次，有次還長達三個月，與天津的同事甚為熟悉，尤其與洪雲同一個部門，更為熟稔些。即使先生退休了，依舊保持聯繫。多年不見，乍見，道不盡過往共事的歡愉情景，先生並一一關懷其他同事與她家人的近況。沒想到她女兒已唸高中，先生記得他初次去時，還正逢她於產假中呢，真是時光飛逝。

週末，帶著她在小城四處走走，來個秋的巡禮。看聖塔菲的古老教堂、珠寶店內的貴氣珠寶與擺飾、藝廊裡的雄偉銅雕、原住民於屋簷走廊下擺的地攤等等。斜穿過廣場，疏疏落落的樹葉有了秋的蕭索，畢竟聖塔菲位於我們北邊，顯出氣溫低了好幾度的差別。

將車彎至班德利爾國家遺跡公園，看一個個像蜂巢似的山洞及古印第安人的生活遺跡。天好藍，雲淡風輕，秋陽淡淡斜照在小徑上，踩著厚厚落葉，發出窸窣碎響，她說一直就想這般踩著落葉，聽沙沙的聲響，沒想到卻是在萬里外如願。

回到遊客中心，經過放映室，內黑無一人。我向管理員表達，十分欣賞他們拍攝的此園影片，四季風光與生態盡涵蓋在內，不知需等多久才會播放？他說任何時候皆可，如我現在要看，他馬上播放。還加上一句，這費時五年拍攝的影片，是由大明星梅莉・史翠普（Meryl Streep）旁白，難怪特別吸引人！她，透過聲音的魅力，替亙古荒原景色做的深入說明，的確為影片增色不少，教我看過後一直念念不忘。

再一個週末，她說想看氣球博物館（Anderson-Abruzzo Albuquerque International Balloon Museum）。可惜來晚了一個月，錯過觀賞十月初蜚聲國際的氣球節。我們就在室內逛逛，看看圖像與影片，了解發展史，略微彌補她遲來的遺憾。登上二樓，正好從一排玻璃窗可與聖地亞山兩兩相望。起伏山棱的筋脈，帶點兒秋黃，層層疊疊，在眼前一覽無餘。

距晚膳時間還有個把鐘頭，我們就近去老城（Old Town）逛逛，太陽餘輝正好照在這建於一七九三年的天主教堂（San Felipe de Neri Parish）屋頂，可惜內門已關，就在外面庭院走走，感受歲月留下的滄桑古意。

圍繞老城廣場四周全是禮品店，看多了珠寶首飾，帶印第安風味的披肩、服裝、捕夢網等手工藝品，有了點審美疲勞，心裡早已是水波不興，全無購買意願。天色已暗，她出差在外，吃多了油膩，找個生菜沙拉、湯、水果與點心儘你挑的素食自助餐館，吃頓美容養顏餐後，就送她回旅館，結束這美好的一天。

次日她即將返回，想著這兩個週末的秋日共遊，不知何時她會再來？看她帶著甜笑揮手道別，心裡不期然地浮上一句：「明日天津道，秋山又幾重？」

無私的愛

十幾年前，剛搬到新墨西哥州時，就喜歡上了這社區的寧靜整潔。春天來時，每天在後院勞動，修剪花枝、拔野草與澆水，不時看見左鄰右舍也在他們院子裡忙碌著。起初，僅禮貌地打聲招呼，後來熟了才漸漸開始攀談。

有一天左鄰的蘇珊隔著院牆問我：「能過來打擾妳嗎？想向妳請教些問題。」

「歡迎之至！我馬上進屋給妳開門。」放下院中的活，趕緊回房。

隔著窗，瞧蘇珊手裡拿了文件卷夾，已站在前門等候。迎她入內，奉上茶點。她先說些抱歉打擾的客套話，然後步入正題。

「我與查理結婚多年，一直沒孩子，看醫生做過檢查，也試過許多方法，依舊無法生育。查理已快四十歲，我也三十好幾，我們決定領養小孩，從孤兒院領養一個中國孩子，給孩子一個完整的家！」她輕柔的語氣裡充滿了母愛。

我難掩心裡的疑惑，忍不住問：「為什麼是中國孩子？領養一個跟你們一樣膚色的孩子，不是讓孩子更容易融入你們的家庭？」

「一來，我仰慕中國文化；二來，美國國內待收養的兒童多為問題家庭兒童。母親酗酒、吸毒，造成健康有問題，或精神有創傷，而中國孩子比較健康，他們的母親或是貧苦的農村婦女，或是受過教育的，但礙於一胎化政策，只好犧牲了女孩子；三來，我喜歡中國人，他們工作勤奮、重視家庭倫理及子女的教育……」她侃侃而談，令我目瞪口呆。看來她做了一番功課，對領養這事比我清楚。

蘇珊看我這表情，索性繼續告訴我：「中國政府在美國成立了一個非常龐大的非盈利性組織『領養中國兒童家庭協會』。會員都是到中國領養了子女或正在等待領養子女的美國家庭，在美國四十多個州有分會，不定期舉辦活動，會員間可彼此交流心得。領養中國孩子要辦許多手續，簽署各種文件。州政府還派出專職的家庭研究員，了解領養人的家庭財務狀況、有無犯罪記錄及對孩子的態度等等，寫好報告交由政府福利局批准。然後由經紀人將這些文件翻譯後轉往中國官方的『中國收養中心』，由中國方面進行審核。通過後，接下來就是漫長的等待了，也許一年，也許更久。」

「真不好意思，我知道的沒妳多，我能為妳做什麼呢？」心中十分歉然與好奇。

「收到一份關於我們要收養女嬰的中文資料，可否麻煩妳代為翻譯？」

翻開資料，是湖南長沙一間孤兒院出具的，我逐一翻譯，主要是介紹這一個月大女嬰被送到孤兒院的經過，以及她的生長與身體狀況。這女嬰出生沒幾天就被棄置在孤兒院門口，襁褓內僅塞了張嬰兒的出生年月日紙。蘇珊直說：「真可憐，待我們將她領回，一定給她滿滿的愛，讓她充分享受家的溫暖。」

從此後，一收到任何有關這女嬰的消息，蘇珊就迫不及待地與我分享。約過了一年，有一天，她急促地按門鈴，一踏進門就抱住我驚喜地叫道：「等到了！等到了！我們終於可以去湖南接她了。」她拉著我去她家，看看他們為嬰兒準備的臥室。有嬰兒床、玩具、洋娃娃、小衣服，甚至尿布、奶瓶，牆上還貼了些可愛的小動物圖案。她問我，還缺什麼？我回她「什麼都不缺，就等小人兒來入住了。」

雪麗來時，一歲兩個月，正搖搖擺擺學走路，跟著蘇珊滿屋子轉。蘇珊辭掉高薪工作，全心在家照顧她。於一般人眼裡，放棄這份優渥的工作，十分可惜，尤其在經濟不景氣，工作難找的情況下。但蘇珊卻說孩子的成長就這麼一次，錯過了，不可能再重頭來過。她以堅定的語氣說：「時光是金錢買不到的，我要陪著雪麗一起長大！」

撫養孩子既花錢又費神，挺辛苦的，可是看得出來他們夫妻倆很享受這份甜蜜的負擔，尤其當孩子牙牙學語，開口叫爹地媽咪時，聽在他們耳裡，那簡直是天籟。孩子撒嬌地在他們臉上親啄一口，那更是教他們心花怒放。雪麗不是美人胚子，但長得很甜，一笑起來，好燦爛，滿室生輝，讓人覺得一股暖意打從心底升起。別說是查理與蘇珊，連我見了她，都樂得暈陶陶的。

雪麗過兩週歲生日時，夫妻倆給她拍了好多照片，連同平日裡照的，他們一一整理好，寫上說明，貼進相簿，同時也把領養她的所有文件放在一本卷夾裡，裡面還有他們去長沙接她的來回機票、所住旅館的發票與在孤兒院拍的照片。蘇珊說等孩子大了，她要把這本卷夾交給她，讓她知道她是從哪裡來的。她強調做人不能忘本，雪麗應該學習中文、中國文化，將來也好作尋根之旅。

一般領養者都唯恐孩子知道真相，盡量隱瞞孩子的出身。真不敢相信，他們這對夫婦卻如此大度，為孩子設想得那麼周到。這份無私且超越國界的愛，讓我深受感動。

蘇珊說完，以期盼的眼神直勾勾地望著我：「對了，妳能不能教她中文？」

「這這這……，她才兩歲吔，是是……是不是早了點兒？妳不必這麼心急嘛。」突然拋過來的問句，竟讓我有點口吃起來。

「呵呵，的確是早了點兒。」她不好意思地笑笑。突然，眼睛一亮，想出什麼似的，興奮地補上一句：「不過妳可以先教她會話呀！妳不是說妳的孩子都會說流利的中國話嗎？」她記性可真好，不過她忘了，我的孩子是跟我生活在一起，除了睡覺外，其他每分每秒都是暴露在中文的環境下，我要求他們跟我說中文，不能說英語，而且強制執行。但雪麗不是呀，她不是生活在我的屋頂下，不可能整天跟著我，學習上自不會那麼有成效。

我告訴蘇珊，這裡有中文學校，每星期六早上上課，待雪麗五、六歲時，就可送她去，正規有系統地學。

目前雪麗尚小，還不能送她去學校。衝著蘇珊無私的愛，我願盡份力，應承一週挪出兩個小時義務來教雪麗，練習會話。平時若還有其他機會，譬如我在後院勞動時，她們也可過來，我邊做事邊與她們聊天，輕鬆練習。如果我出門旅行不在家，就只好抱歉了，希望她能諒解，不至於先有過高的期待，屆時失望。蘇珊邊聽邊猛點頭，事情就這麼說定了。

看看還是小不點的雪麗，我寓教於樂，跟她玩起遊戲來。扳著手指頭，教她數一、二、三……指著臉上、身上的器官，說眉毛、眼睛、鼻子、嘴、耳朵、手、腳……或是廚房的水果，蘋果、香蕉、橘子，房間的桌子、椅子等等。分好多次學，先是單字，然後詞句，總之，一句句慢慢來。我讓蘇珊一起學，待我回家後，她們倆可彼此一再重複練習。小孩子學習能力很強，經過一長段時間後，漸漸地，我試著對雪麗只講中文，不管她懂不懂，要讓她專注地聽，逐漸適應，也讓她以中文回我，哪怕是說得結結巴巴，七零八落的。

時光荏苒，到了可入學的年齡，我陪同她們去中文學校註冊。開學那天，雪麗看到這麼多跟她一樣是黃皮膚、黑頭髮的小朋友，開心極了，加上她的中文已有初步的根基，第一天上課不至於鴨子聽雷而引起恐慌，表現甚佳。蘇珊也加入成人班，認真地學習中文，並到州立大學正式選修中文課。瞧她那股拼勁兒，彷彿要將中文融入她的血脈裡似的，真令人佩服。

數年後，蘇珊已可用中文與我交談。她坦白地告訴我：「當初學時，心想這中文怎麼那麼難哪？比起西班牙語、法語難多了，可是為了雪麗，為了有朝一日能語言無礙地陪她返鄉尋根，我一定要加倍努力，再難都要克服，絕不能退縮。不是說『萬里之行，始於足下』而且『一分耕耘，一分收穫』嗎？」瞧她已能自如地用上了成語，真為她高興。

我想對陌生的語文能精進如此，應是出於一份無私的愛！他們視領養的雪麗如掌上明珠，一切皆為她著想。相較於留在孤兒院的孩子，毋庸置疑，雪麗是十分幸福的。望著她甜美燦爛的笑容，心想她在他們長期的身教與言教下，必也擁有一顆良善的心。相信她將來定能把這份無私的愛繼續散播出去，發揮人世間的正能量，讓世界更加美好！

寄語白雲

二〇一六年上半年，忙著與荊棘合編女作協會員們的出書，當一完稿，將二十幾萬字的《世界美如斯—海外文學織錦》寄給出版社時，肩頭的擔子陡然卸了下來，快樂得像個小鳥似的，直想唱歌。

人一輕鬆，對外界敞開了心胸，聽得見鳥兒在廊簷下的啾啾歌聲，也有了心情張望院子。後院的花兒早已幾度更迭，走了洋水仙、風信子，來了鬱金香、鳶尾花。再一轉眼，玫瑰、芍藥、百合陸續登場。前院的仙人掌亦按時展開艷麗的花朵，報春花更是帶著滿臉粉嫩笑意隨風搖曳，只是當時忙忙碌碌，未曾多看幾眼，任其來去，如今有心情觀賞了，卻景物已非，只徒留感嘆：「林花謝了春紅，太匆匆」！

不管忙或不忙，季節總是一點也不含糊，照時令，在艷陽下推出了夏，給錯過春花的我貼心送上份彌補。瞧，玫瑰再度含苞待放、牆邊的紫薇照眼、凌霄花映紅窗前、波斯菊迎風招展、睡蓮也已是盈盈滿池塘了。

這一陣子，即使再忙，心裡仍不時惦記著擱置了好久的部落格，為疏於到格友處回訪，且有的留言至今尚未回，甚感歉然。在上一篇文章放了個「暫離」，以為僅會離開兩三個月而已，只是送出審編好的原稿後，還有一次校對、二次校對，加上討論封面設計等等，來來回回、一改再改都需時間。在進行至每一階段與出版社聯絡等待回覆的空檔期間，又去趕赴近一年前趁大減價訂下的幾場旅遊之約。風塵僕僕，人總在出城與返城的路途上轉騰。旅遊歸來，又快馬加鞭工作。如今，書已開始印刷出版，一切圓滿，真好。

在忙時，常以為忙完了這件事，日後就可高枕無憂，好整以暇，其實生活中的事件總是接踵而來，生命流轉不息，時間不會為此刻的美好而停留。在迎接下一個挑戰前，目前好好放鬆，不是常聽人說：過去留不住，未來不可知，只有當下最實在嗎？那麼就好好把握當下，給忙碌過後的自己一份犒賞，於是，泡杯茶，在氤氳的茶香中，讓林兮老師譜曲的音樂在書房間流盪。靜靜地聆聽，沉醉在這典雅清雋的氛圍中，不知歸路，那真是人生一大享受！

佇立窗前，一覽院外明媚風光，聖地亞山巔天空湛藍，雲白如絮，如畫美景當前，思念悄然自心底升起。寄語白雲，請給親友、同學、格友們捎上我衷心的問候與祝福：祝願歲月靜好、身心快樂常健！

為你守候

當聽到〈等你等了那麼久〉這首讓人蕩氣迴腸的二胡演奏曲，心情久久未能平復。聽了一遍又一遍，聽得我深宵不寐，啟開了塵封多年的記憶。那個淡去的瘋子影像，又逐漸清晰地浮現心頭。

那年我七歲，隨父母遷居台南，母親忙著幫大伯經營茶座與划船生意，沒時間管我，而我放學後，就自由自在地在台南公園四處逍遙，園裡的古樹、牌坊、花圃、小橋、垂柳……都一一在腦海生了根，泛舟燕潭更是一日不下數回。對於湖邊茶座來往如流水的客人，卻從沒留意過。

有一天，見一位長髮少女佇立湖邊，默默遠眺，引起了我的注意。後來她經常出現，像是在等待，神色由焦急轉失望，再轉落寞。只要看見穿軍服的，她必趨前詢問：「請問有沒有看到李斌？」答案總是否定的。日復一日，她豐腴的臉頰消瘦了，兩眼沒了神采。

她不再靜靜眺望，時而喃喃自語、時而哼哼唱唱，時而高聲大笑、時而嚶嚶啜泣，聽茶座的客人說她瘋了，可是一見到軍人出現，她又攔著問：「李斌呢？」似又恢復正常。她，客人們口中的瘋子，成了熱門話題。

原來她跟營區駐紮在公園邊上的李斌，於公園偶遇，兩人一見鍾情，經常花前月下，泛舟湖上。兩人都有副好嗓子，不時對唱，歌聲遠遠從湖心傳到岸上。李斌還會吹口琴，有時他吹她唱，情意綿綿。她覺得這就是她要的幸福，決定告訴父親，她要嫁給他。受日本教育的父親勃然大怒，「妳怎麼能嫁給外省阿兵哥？」那個年代，語言、文化、意識形態的差異，給婚姻築上一道難以逾越的藩籬。當時流行這麼一句話「剁剁給豬母吃，也不讓女兒嫁給外省人。」她態度堅決，而權威的父親也毫不手軟地將她困鎖屋內，並至營區找上李斌的上級，將李斌速速調走。

她依舊日日來湖邊等待守候。有天放學後，阿玉央我帶她來公園划船。阿玉看見佇立湖邊一動也不動的她，好奇地問我：「她是誰？」我脫口而出：「是個瘋子。不知⋯⋯」我話還沒說完，她倏然回身，啪地甩我一個耳光，一雙眼透著寒光，冷冷地問：「誰是瘋子？」從小到大，沒挨過打，我嚇呆了，腳釘在地上，不曉得動，阿玉趕緊拉著我往回跑。

臉上灼熱，還有點痛，沒敢告訴母親，怕她傷心～我這麼不懂規矩，也怕她難過～從不捨得打我一下、罵我一句，竟挨別人打，更羞於讓痴心少女見到用言語傷過她的我。從此只要她佇立湖邊，我就避開。

那天，放學後，湖邊擠滿了人，沒見到她，我大膽地擠過去，有人說：「是跳湖自殺的。」湖邊地上用草蓆蓋了個人，一頭濕漉漉的長髮在草蓆外。沒錯，是她！我頓時兩腳發軟。她為什麼不再為他守候下去？

這幕景象深印心田。這麼多年過去了，乍聽〈等你等了那麼久〉這首曲子，就覺得是李斌與她在對唱，聽得我這顆心惶惶然又淒淒然，不知掉落於何處？

等你我等了那麼久，
花開花落不見你回頭，
多少個日夜想你淚而流，
望穿秋水盼你幾多愁，
想你我想了那麼久，
春去秋來燕來又飛走，
日日夜夜守著你那份溫柔，
不知何時能和你相守，
就這樣默默想著你，
就這樣把你記心頭，
天上的雲懶散的在遊走，
你可知道我的憂愁，
就這樣默默愛著你，
海枯石爛我不放手，
不管未來的路有多久，
寧願這樣為你守候，
寧願這樣為你守候。

哎，往事並不如煙啊………

明知世間事，緣來緣去，不能強求，更不能執著，尤其是情，哪說得清？理得直？今天，情人節，於此虔誠祝禱：願天下有情人終能成眷屬！

輯四 天涯行腳

1.埃及遊（作者雲霞一躍而起）
2.埃及遊（尼羅河）

1.埃及遊（作者先生吻人面獅身像）
2.人間仙境——福建泰寧（上清溪）

1 | 2
3

1.人間仙境——福建泰寧（作者雲霞攝於寨下大峽谷）
2.人間仙境——福建泰寧（甘露寺）
3.走進稻城亞丁（四姑娘山枯樹灘）

1.走進稻城亞丁（惠遠寺）
2.走進稻城亞丁（冲古寺）
3.走進稻城亞丁（卓瑪拉措湖）

1 | 2

3

1.水墨畫卷——徽州宏村（月沼）
2.水墨畫卷——徽州宏村（南湖）
3.山崖上的古村落——婺源篁嶺（曬秋）

1	2
3	4

日本遊——神宮與神社（明治神宮大鳥居）
日本遊——神宮與神社（伏見稻荷神社「千本鳥居」）
日本遊——本栖寺（本栖寺佛堂）
日本遊——本栖寺（富士山與本栖湖圖片）

1
2 | 3

1.今昔金門遊（燕尾式屋脊）
2.荷蘭烏特勒支采風（聖馬丁主教座堂鐘塔）
3.愛爾蘭行（一）（威廉・馬多克時鐘）

1｜2
3

1.愛爾蘭行（一）（基拉里國家公園）
2.愛爾蘭行（一）（羅斯城堡）
3.愛爾蘭行（二）（莫赫斷崖）

1 / 2

1.愛爾蘭行（三）（聖派翠克大教堂）

2.漢俳詩——英國與愛爾蘭行（巨石陣）

1 | 2
3

1.漢俳詩——英國與愛爾蘭行（古堡）
2.漢俳詩——英國與愛爾蘭行（哈羅德百貨公司黛妃）
3.漢俳詩——英國與愛爾蘭行（油菜花田）

1.波特蘭一瞥（奧勒岡州的地標——草垛岩）
2.波特蘭一瞥（101公路上的海岸）

1 | 2
3

1.印象西雅圖（太空針塔）
2.印象西雅圖（華盛頓大學蘇沙洛圖書館）
3.聖地牙哥紀行（科羅納多大酒店前：左起伊犁、張棠、劉慧琴、荊棘、蓬丹、雲霞）

3	4	1
5		2

1.幽靈牧場（皮特農山）
2.幽靈牧場（煙囪石）
3.秘魯飲饌（賽維切Ceviche）
4.鳥島奇觀（鳥糞覆蓋成白色）
5.利馬的古典與浪漫（愛情公園裡的擁吻雕像）

非洲　埃及

漢俳詩——埃及遊

〈金字塔〉
償久遠心願
越荒漢塔前仰瞻
發由衷讚歎

奇蹟傲世間
風吹日曬未曾變
奧秘成經典

〈木乃伊〉
層層麻布裹

怎堪歲月快如梭
已成枯骨臥

生前權顯赫
輝煌衰敗論功過
千秋歷史說

〈神殿〉
巍峨神殿柱
根根粗壯朝天訴
欲上永生路

石壁彩刻圖
法老獻神呈供物
冀望得其助

〈尼羅河〉

河邊莊稼忙
蕉風椰影沿岸晃
潋灩水粼蕩

夕陽圓臉龐
尼羅河水閃金光
眾賞心歡暢

〈廢墟〉

歲月抹滄桑
過往繁華夢一場
四處顯蒼涼

可蘭經誦唱
殘垣斷柱間迴盪
句句扣心房

〈靜與動〉

人面獅身像
任爾親啄不設防
如如不動狀

塔前萌異想
老婦聊發少女狂
一躍試爭長

亞洲　中國

人間仙境——福建泰寧

二〇一四年金秋十月，海外華文女作協於廈門大學舉行的第十三屆雙年會結束後，一行百來人從廈門乘動車，三個鐘頭後抵達泰寧。一路上心想：福建的名勝古蹟甚多，泰寧能蒙推薦，必有獨到之處，於是對它我滿懷好奇與期待。

泰寧，原名歸化，位於福建西北部，武夷山脈中段杉嶺支脈的東南側。南北長約六十一公里，東西寬約四十三公里。總面積約一五三九平方公里，人口十四萬。雖是個小城，卻不容小覷，曾有「漢唐古鎮、兩宋名城」之稱。朱熹、李綱、楊時等名臣碩儒曾在此講學，自古即有讀書尚學、崇文尚德之風。北宋時期，創造了「隔河兩狀元、一門四進士、一巷九舉人」的科舉盛況，加上繞城而過的金溪與山東曲阜泗水同樣奇異地水向西流，北宋哲宗因此將孔子家鄉闕里府號「泰寧」賜它做縣名，寓「太平、安寧」之意，以示褒揚，延用至今。

遊覽車在動車站接了我們後直接駛入市區，一排排粉牆黛瓦、馬頭牆的徽派建築映入眼簾，彷彿走入江南小鎮。聽導遊說，為了發展觀光，有些地方將舊房拆除，統一蓋成這富含人文氣息的高樓建築。泰寧旅遊資源豐富，二〇〇五年經聯合國教科文組織評審為「世界地質公園」，成為福建繼武夷山後的第二個世界級旅遊區。它是全中國最綠的城鎮，全縣森林覆蓋綠達八〇%，景區達九〇%以上，加上峽谷群落、丹霞岩穴等自然奇特景觀，成為中國十佳魅力名鎮之一。原是「養在深閨人未識」，如今一經開發，聲名逐漸遠播。幸喜目前遊客尚未蜂擁而至，我們得以悠閒地漫步山水間，一一領受它原始生態的古樸韻致。

人間仙境上清溪

上清溪位於泰寧東北部，距縣城二十二公里，得名於道教。「上清」是道教「三清境」即太清、上清、玉清之一，後來被廣泛用於指「仙境」。漂流於這空谷芳菲的世外桃源，彷彿飄然欲仙，超凡脫俗。

它藏於深山幽谷間，全長五十多公里，已開發竹筏漂流的是崇際至長興段，長十五公里。我們六人共乘一筏，船夫技巧嫻熟地撐著篙，我們順著蜿蜒的溪水在這山巒疊嶂的翠石赤峰之間漂流，領略那享譽「華東第一漂」的九九曲、八八灘、七七彎、六六峰、五五岩之美妙。

兩岸人跡罕至，林木蔥蘢茂密，常年奇花異草盛開，又稱為百里花溪。奇岩怪石，經千萬年風化剝離和流水侵蝕，形成不同的岩穴與大小洞槽，是典型的丹霞地貌，任你神思遄飛那圖案是菩薩、仙人、孔雀、飛鷹、鯊魚嘴、貓頭鷹等，其中最為壯觀的景點是落霞壁，岩壁延伸而出，長六百多公尺，高五十多公尺，底色紅如晚霞，據說在上還可找到十二生肖圖案。

溪水千迴百轉，誠天為山欺，水求石放，山重水複，別有天地。或急流成灘，或凝滯成潭，寬處十公尺，窄處不足兩公尺，天留一線，僅容一筏通過，一出狹處，頓覺柳暗花明，步移景換，蘊含了野、幽、奇、趣，不禁令人有「迎一景如翻一夢」之嘆。

在這空靈秀雅的世界，不宜喧嘩，只宜靜享；不宜狂歌長嘯，只宜低吟淺唱。

兩個鐘頭後，漂流結束，我們不捨地從丹崖清溪仙境，回到人車熙來攘往的凡塵，走向尚書第。

恢宏顯赫尚書第

它位於泰寧縣城中心的尚書巷，與世德堂、李氏宗祠共同構成尚書第建築群，總面積達一萬兩千平方公尺。該建築群中含有古代官居、民宅、祠堂、客廳、輔房等。主題建築採用「三廳九棟」格局，即每幢都有前廳、中廳、後廳，幾幢並排相連，以封火牆相隔，以廊門相通，形成既相隔又相通，深具科學性與實用性的民居建築格局。門屋相連，挑高的屋頂樑柱，顯得氣勢恢宏。其佈局嚴謹、構思精巧、工藝精湛，是江南地區保存最為完好的明代民居群。

尚書第是李春燁的府邸，他是明末兵部尚書兼太子太師。十六歲考上秀才，三十六歲中舉人，進京連考三次皆落第，直到四十六歲才中了進士。為官十一年，晉升十四級，大器晚成，仕途順遂，屢獲皇帝封賞重賜。五十七歲時，急流勇退，趁母九十壽辰，以尚未實現盡兒子義務的願望為由，辭官返鄉。隱退後，親奉老母，在雕樑畫棟的尚書第頤養天年。

泰寧盛產杉木，李春燁用上好的杉木建造此頗為氣派的大宅院，既堅固耐用，又體現出他的顯赫身分。尚書第呈長方形，坐西朝東一字排開，主體五幢，輔房八幢，前有甬道，後有花園，房屋共一百二十間，除廳堂、天井、迴廊外，全為磚、石、木結構，總建築面積四千五百平方公尺。甬道設五重門樓，全宅門額都嵌有石匾，分別刻著「尚書第」、「柱國少保」、「四世一品」、「禮門」、「義路」、「曳履星辰」、「依光日月」、「都諫」等字樣，以「四世一品」最為精緻，使用了通天石柱和條石樑，底層石砌須彌座雕刻有蓮瓣花卉等各種圖案。外觀莊重高雅，門楣、窗櫺、隔屏、隔扇、木雕、石雕的精美內部裝飾，也十分讓人驚艷。最令人叫絕的是房間的地板下還有個陰井，開啟活動板門就可傾倒污水。想起古時民風保守，官夫人與小姐連洗澡水也是不能讓人瞧見的，統由此祕密排水道排走。

參觀完，天色已晚，走在尚書巷石磚地上，詩人鄭愁予的《錯誤》，不期然地，伴著這紛踏的跫音，在心底響起：

> 我打江南走過……你底心如小小的寂寞的城，恰若青石的街道向晚……我達達的馬蹄是美麗的錯誤，我不是歸人，是個過客……。

金龍盤臥大峽谷

歇息一晚，次日一早，我們神清氣爽地朝「寨下大峽谷」出發。記得昨日一抵達泰寧，車駛進城時，就曾見路邊有張秋日泛舟湖上的廣告，波光瀲灩，紅葉數點，好美！此時還見一更大的廣告牌豎立著——「沒去寨下大峽谷，別說你到過泰寧」，呵，瞧這語氣，更增添我一探究竟的高昂興致。

寨下大峽谷，位於泰寧縣城西北十五公里處的寨下村，形成於距今約六千五百萬年前的裂陷盆地，由懸天峽、通天峽、倚天峽三條峽谷首尾相連組成，呈環狀三角形，好似一條金龍盤臥在群山之中，故又名金龍谷。

懸天峽是進入景區後的第一個峽谷，站在谷底仰望，峽谷兩邊紅色的崖壁與蒼天相連在一起，天如懸冰，故得此名。走在兩側壁立千仞的丹崖間，峽谷幽深，植物茂密，流水潺潺，加上方竹與毛竹群落，遮蔭蔽日，頓感沁涼無比，心曠神怡。

此峽最主要的景點是天穹岩，為流水侵蝕沙礫岩形成的套疊狀丹霞洞穴，大小不一，形態各異，遍佈懸壁上，宛如天上的星星，又如女媧用五彩石補天，取名天穹岩，誠然！

通天峽位於懸天峽後，又稱天崩地裂通天峽。一道狹窄的裂谷深深切入山體，又向地底凹陷下去，猶如山崩地裂，頗為嚇人。

儘管峽路蜿蜒，一路緩緩行來，不覺吃力，可是來到雲崖嶺前，一看那坡高路陡，才覺得需費點氣力了。它是由峽谷兩側崩塌下來的巨石堆積形成，其前方有塊高聳如雲的巨崖，整體崖壁受九十度垂直重力崩塌風化，被劈削得如同豎起來的一座通天巨碑，大自然的鬼斧神工令人驚嘆不已。

在這座通天碑的側面有一巨崖，崖壁平整如牆，且色若渥丹，燦如明霞，被稱為「映霞壁」，成為崖下小湖泊「堰塞湖」的天然屏障。一湖蓮葉田田的澄碧裡，倒映著如彩霞般的山壁，那丹崖的如虹氣勢盡化在輕柔的碧波裡了。

出了堰塞湖的古河道，便到了倚天峽。琤琤水流聲盈耳，紅色沉積岩崩落於窄窄的河谷中，以谷口的倚天劍最為壯觀。孤峰聳立，似一寶劍直插入雲霄。

轉過倚天劍，不久就走回園區門口，心想難怪聯合國教科文組織專家實地考評時說：「無論從地質景觀還是生態環境，這裡是世界級的」。

水上丹霞大金湖

金湖是金溪新湖的簡稱。金溪是閩江上游富屯的一大支流，因河床沙裡含金沙而得名。一九八〇年夏，政府在金溪廬庵灘興建一座裝機容量十萬千瓦的池潭水電站，由於大壩的建成，金溪水被堵截後，形成一全長六十二公里，湖面呈弧形，宛如一輪新月的人工湖。金湖景區面積一百三十六平方公里，水域面積三十八平方公里，蓄水八・七億立方公尺。景觀資源豐富，具山青、水秀、石美、洞奇、峰怪這「五絕」特點。

我們乘坐兩層的遊船，多半人都到上層，享受乘風破浪與清風拂面的舒暢，並極目盡攬湖光山色，看山的峻奇雄偉、水的清靈幽靜，那是豪放與婉約相容，陽剛與陰柔並濟。綿延數里的丹崖，一會兒突進湖心，一轉眼它又凹陷，讓碧水深入山腹，加上兩岸岩寺古剎、漁村山寨、溪澗飛瀑點綴，曲折多致，景象萬千。這罕見的水上丹霞奇觀，真是「百里湖山、靈冠天下」，成就了它「天下第一湖山」的美譽。

這山水長卷，景觀任人發揮想像力，有「赤壁丹崖」、「水上一線天」、「雄柱峰」、

「貓兒山」、「金龜入海」等。貓兒山，形象逼真，孤峰突起，高聳入雲，像極了蹲坐山巔的巨貓，它是金湖景區的標誌，也是泰寧旅遊的標誌。

擎天一柱甘露寺

大金湖曾擁有大小寺廟多達一百三十多座，迄今仍餘七十多座，每一座都蓋在岩穴裡。宋朝理學大師朱熹就曾在岩穴裡教學，尚書第主人李春燁也曾在穴裡苦讀而高中，其中最為有名的岩穴是甘露寺。

它始建於宋紹興十六年（公元一一四六年），距今八百六十多年，由於岩穴上方有一形似龍頭的鐘乳石，長年滴下甘冽的泉水，故名甘露寺。

遊完湖，迫不及待地想晉謁甘露寺。船停靠後，我們魚貫下船，走上橋，步入幽徑時，一眼瞥見橋下擺放數隻小船，好個「野渡無人舟自橫」，給四周景色平添了幾分野趣。

站在寺下的石拱橋上仰望甘露寺，左邊一塊紅色岩石像塊碩大無比的「鐘」，右邊那塊像獨步天下的巨「鼓」，甘露寺就在這左鐘右鼓石之間，因此有「左鐘右鼓，廟（妙）在其中」之說。

洞穴上寬下窄，高約八十公尺，最寬和最深處各約三十公尺，但下部寬只有幾公尺。古人建時，依憑岩壁，順勢架造。由四座樓閣組成重檐歇山式木結構建築群體，採用「一柱插地，不假片瓦」的形式，全賴「T」字架下一根大柱支撐著，工藝奇特，古建築罕見。據考證，十二世紀時，日本名僧重源法師取樣於甘露寺的「T」形頭拱，回國後建起了舉世聞名的奈良東大佛殿。

關於建造有一傳說。以前這廟供奉送子觀音，雖小但香火甚旺。北宋有一婦人趕來此，求子並許願：「如生兒子，定重修寺廟，岩有多大，廟蓋多大。」後果生兒子葉祖洽，高中狀元。他為償母願，調集天下建築高手來，惜地勢險峻，無法建成。有一天工匠周研頭看見一壯漢將一根又粗又直的大圓木，平衡地放在一個Y形鐵叉上，坐在樹下休息，頓受啟發，終順利建成此廟。葉家人歡喜，還把這根柱子叫做「狀元柱」，來此求子遊客，也都開心上前抱一抱這狀元柱。

兩天半行程匆匆結束，時間雖短，卻滿載奇特山水與豐富的丹霞岩穴文化而歸，這時方深深體悟為何泰寧會蒙推薦，它實在是個值得一遊再遊的人間仙境！

走進香格里拉

久聞稻城亞丁風景如畫，是攝影者的天堂，心甚嚮往。正巧二〇一六年夏末，住德州的老同學小娟於網上查詢大陸旅行社遊此處的資料，特來電相邀。金秋十月，我們兩對夫婦結伴前往，欣然踏上了高原之旅。

抵達成都，次日一大早，旅行社指派的師傅小李駕著五人座越野車到旅社來載我們。沿途欣賞川西優美的風光，接著上都汶高速公路前往映秀，又經臥龍到巴郎山之巔欣賞雲海，再至貓鼻樑，朝聖四姑娘山四座連綿的雪峰，之後，進入四姑娘山風景區的雙橋溝。

此景得名於入口處的兩座橋，一是楊柳橋，另一是紅杉橋。為藏民所修，後為便於汽車通行，改建成水泥路橋，這兩座舊橋就被棄置不用。乘景區的遊覽車入了山谷，眼前一座又一座雄偉挺拔的雪山，在藍天白雲的映襯下，錯落有致地高高聳立於雲端，俾睨天下，令人震撼！景區主要是以雪峰、牧場、草地、森林為主。

景區車共停五個站，每個站都是可下車遊覽的景點。在令人讚嘆的景點中，我印象最深刻的卻是枯樹灘。一根根枯木，雖然沒有生命了，依舊挺立著，與四周大自然融為一體。每一根枯木，各有姿態，都能寫成詩，一首滄桑的詩，也是一首天長地久的詩！

當晚，入住日隆鎮酒店。次日，途經小金、丹巴，進入三〇三省道丹巴塔公段，這是甘孜州的景觀大道。手拿相機，專注地望向窗外。一路上，高山、峽谷、溪流、草原、黃杉林在眼前交替變換，我們目不暇給地猛按快門。

小李在景觀台停留，讓我們下車選好角度，把雅拉雪山清晰地拍下。然後繼續上路，前往八美參訪建於雍正七年（西元一七二九年）佔地五百畝的蓮花古剎惠遠寺。

根據佛教記載與傳說：惠遠寺四面的山形十分奇特吉祥，上面有法輪祥瑞，對面是吉祥八寶的形狀，左邊有四大天王，右邊有十八羅漢，大殿是蓮花寶地的核心區。晨曦微露時，在濕潤的草坪上常會出現十平方米左右的蓮花圖案，後來人們就在此建一土台，稱「蓮花聖台」，此寺亦被稱為蓮花古剎。

寺前，一群犛牛如同散落於草原上的黑珍珠，正心無旁鶩地埋頭吃草。一字排開的白塔群，形似雄赳赳、氣昂昂的衛士，忠誠地守護著古剎。鮮豔的五彩經幡，藍色代表天空、白色代表白雲、黃色代表土地、綠色代表清水、紅色代表火焰，於空中飛揚。幾個藏族老婦正虔誠地旋轉著外雕有「唵嘛呢叭咪吽」六字真言，內裝有整部經文的經筒，祈願消除業障、功德圓滿與遠離苦海，我也歡喜隨緣地去轉經筒。身處此境，心靈亦彷彿隨之淨化。

離開惠遠寺，經塔公草原，來到風景如畫的新都橋。遠看貢嘎山，近看小橋、流水、人家。藏式民居後面，還有一排樹梢已轉黃的楊樹林，緊挨的山坡上寫著大大的六字真言，讓人充分感受到濃郁的藏家風情。夜宿於此，滿懷著藏情入夢。

晨起，再看一眼雄偉的貢嘎山，就離開了新都橋。我們沿著三一八國道，翻高爾寺山，經雅江縣，在天路十八彎，下車休息。瞧那由低至高彎彎曲曲的山路，稱它「天路十八彎」，一點不為過。不敢想像，若沒這條天路，恐怕只能望天興嘆了。

一路翻山越嶺，又見犛牛在層巒疊嶂、白雲飄浮的草甸上四處覓食。翻越了四千六百五十九米的剪子彎山，來到四千七百一十八米的卡子拉山時，我們停下來感受一下高海拔的滋味。還好都吃了防高山症的藥，沒絲毫不適的感覺。

在續開往理塘的途中，車被一檢查站的交通運警攔下。他拿著小李的駕照證件進入辦公室，要小李下車跟進，小李回頭小聲跟我們說了句：「交警若問起，就說你們是我的叔叔嬸嬸，從國外回來，我帶你們去稻城亞丁玩。」我們點頭答應，心裡卻涼了半截，意識到原來他沒有營運執照。

忐忑著，一看小李從辦公室出來，他先跟我們打個招呼，說已拿回了證件，去上個廁所就走。車子開上路，我們放了心。沒想到沒一會兒，警車響起警笛追上來。小李不予理會，猛踩油門。警車更快，開到我們車前逼停。一邊山壁，一邊懸崖，小李左閃右躲就是不肯停。險象環生，不敢想像萬一撞山，或是掉下懸崖的後果，我們嚇得臉色發白。

警車一看逼小李車不成，就直接朝前開走了，我們鬆了口氣。誰知沒開多遠，瞧見交警手拿石頭，站在路中央，要小李停車。小李仍舊不予理會，還朝前續駛。這豈不是要壓到交警？我們捏把汗。交警趕緊跳開，站在路邊，怒氣沖天，露出康巴男子的凶悍，氣惱地把手中約三磅重的石頭用力一扔，正好扎破後座右邊玻璃窗，擊中小娟的腦袋，石頭又續蹦向前，擊中坐左邊我先生的膝蓋，夾在中間的我沒受傷。小李一看這情況，就對交警說：「別追了，你傷了人，我到前面理塘派出所報警處理。」交警果真開車走了。

小李不發一語，似在琢磨著。後坦告，因我們是華僑，而且有一人腦袋受擊，不知傷勢如何，不報警，萬一傷勢嚴重，後果不是他所能承擔的。他決定報警，要傷人的交警負責。

找到理塘派出所，小李報了案，所長即刻趕過來明白案情，先生表明他膝蓋不要緊，痛幾天就會好，重要的是先送小娟去醫院檢查，看腦袋有無內傷，所長照辦，並告知不能光聽一面之詞，電請前一站的交警過來。還好經斷層掃描，小娟頭雖被扎痛但無大礙，我們心中的石頭落了地。

來了交警與他的長官，先向我們致歉，並表明願賠償。雖說精神上大家飽受驚嚇，既然小娟沒事，就沒要他們賠償。他們說小李在這條路上來來回回，是個無照營業的「慣犯」，他們早已注意他了。原罰款人民幣五百，誰知他說要去上廁所，趁交警沒注意，偷回證件逃跑，追他也不停，態度惡劣，現裁決加重，罰款一萬。

小李向我們求救，說這罰款太多。考量他謀生不易，我們向交警長官求情，懇請他看在我們份上，減輕罰款千元以內。蒙應允，但僅肯減為三千。

在這裡耽誤了四個鐘頭，原定應看的景點泡了湯。離開理塘，小李急急趕路，黃昏時趕到下榻的稻城。旅館頗現代化，街道也十分整潔。在旅館擱下行李，我們問小李哪家飯館好吃，大夥兒在川菜館美美地吃了一頓，慰勞飽受驚嚇的自己。白天折騰累了，這一夜，早早休息，養足精神，明天好進山。

一早，車開了個把鐘頭，經海拔四千五百一十三米的波瓦山，來到此行的目的地——稻城亞丁風景區，簡稱亞丁風景區。亞丁，藏語意為「向陽之地」，地處青藏高原東部橫斷山脈中段的甘孜藏族自治州。

到了景區門口，換乘景區的觀光車，沿著彎曲的山路往上爬。遠處雄偉的雪山忽而在右，忽而在左，十分壯麗。山坡上的植被與落羽松，皆已染上醉人的秋色，更是令人驚嘆連連。

車開了一個半小時後，我們到達景區內預訂的藏式民居，擱下行李，再去搭景區車到海拔三千八百八十米，意為湖泊源頭寺廟的冲古寺。

冲古寺屬黃教寺廟。傳說五世達賴喇嘛阿旺・洛桑加措得知此地無弘法的寺廟，於是派央降・根秋加措大師到此修建寺廟，未料因動土觸怒了山神，百姓被降禍得了麻瘋病。他悲天憫人，誦經祈禱降災自己，免除百姓之災。後來百姓病好，他卻病重圓寂。他的靈骨就葬於自己建造的寺內，僧人每日薰香念經，紀念他的功德，寺外也飄揚著許多彩色經幡祈福。

它的地理位置極佳。面對積雪千年不化的三座神山—仙乃日、央邁勇與夏諾多吉，腳下是河流與野花的草甸，身後是險峻的亞丁峽谷。一九二八年植物專家約瑟夫洛克來此考察，曾住此寺。透過寺院的窗戶，他遠眺月光下寧靜祥和的亞丁村，這段期間發表的文章，激發了作家詹姆斯・希爾頓的靈感，創作了小說《失去的地平線》，成就了香格里拉的美麗傳說，而月光下的亞丁村正是小說中藍月山谷的原型。

從冲古寺出來，我們前往海拔四千一百米又名珍珠海的卓瑪拉措湖。走在這條穿越森林依山勢而建的棧道上，以為不難行走，但是由於坡度，走起來卻氣喘吁吁。原想眼前這段路走完就該到了，可是路到底時一拐，接上另一段，還節節高升，似永無盡頭，這真是條讓人一眼望不盡、心跳猛不止的天路！一撥撥腳程快的年輕人超過了我們，回頭貼心地大喊「加油」！處如此「艱境」中，幸好，遠處有藍天襯托的雪山、路旁有金燦耀眼的松林與七彩所繪的四臂觀音像，一路相伴。

終於到了！看見深秋的空明中，海拔六千〇三十二米，意為觀世音菩薩的北峰仙乃日山，像菩薩端坐於蓮花台上的身影，倒映在傳說中是仙女梳妝鏡的卓瑪拉措湖中，那寧謐端麗的景象美得攝人魂魄，令人噤聲。

右邊如金字塔般的雪峰是白度母，左邊是綠度母和眾多降香母及妙音仙女。她們彈奏天籟之音，讓山後地獄谷的罪人聽到後能幡然悔悟，循善而脫離苦海。

於此清幽之地，流連復流連。待斜陽向晚，方載著不虛此行的滿足，原路返回。

第二天，挾著餘勇，我們坐上電瓶車，約七公里路程，朝海拔四千一百五十米的洛絨牛場進發，去拜謁另兩座聖山。一是意為文殊菩薩的南峰央邁勇，海拔五千九百五十八米，雪峰似文殊菩薩手中的劍，直指蒼穹，傲然挺拔於天地之間。另一是意為金剛手菩薩的東峰夏諾多吉，海拔五千九百五十八米，雄偉剛毅，是手持金剛杵除暴安良的神祇。可惜天公不作美，氣溫陡降且下起了雨，在雨霧迷濛中，山也朦朧起來，看不真切。估量我們的腳力，不可能再走上往返十公里的路到五色海與牛奶海，又不會騎馬前往，於是我們在祈福煨桑台邊吃完乾糧，就坐上電瓶車回到扎灌崩遊客中心。

天色已放晴，我們在遊客中心前的冲古草甸走走。其意為湖泊源頭上的草甸，原是冰川堰塞湖，由於仙乃日腳下的冰川湖泊決堤後冲跨了這裡的湖泊，才形成今天似天然盆景的地貌。清澈的貢嘎銀河緩緩流過，黃色的草地、綠色的樹林、紅葉樹叢，加上藍天白雲與雪山，這美不勝收的繽紛秋色，好迷人，幾疑置身仙境。

走在木棧道上，從這角度看呈三棱錐狀的夏諾多吉主峰，氣勢更雄壯。道旁草地上插著「小草微微笑，請您走步道」的牌子，多麼客氣有禮的告示，令人發出會心的一笑。沒想到還是有遊客無動於衷，站在草地上擺出各種姿勢拍照，令人慨嘆。人民的生活水平提高了，可是部分人的素質還沒趕上。

照上幾百張，還嫌沒照夠、看夠，號稱「攝影者的天堂」，真是名不虛傳。懷著不捨的心情，搭最後一班景區車離開時，我頻頻回首，落日餘暉將夏諾多吉山染成了玫瑰金，好美！

次日，我們六點離開稻城的旅館，搭早上八點的飛機返回成都。在開往機場途中，先生把握機會勸小李，要愛惜身體，少抽煙喝酒，以免傷身，也婉轉地開導他要守法紀。雖說團費裡已包括小費，但我們還是額外再給他點小費，聊表心意與鼓勵。

到達稻城亞丁機場，天尚未亮。它是世界上海拔最高的民用機場，有四千四百一十一米，於二〇一二年八月竣工。航站樓的形狀有如一架飛碟，頗為新穎。置身於此，我竟異想天開，幻想自己是個外星人，來美麗的地球一遊。

飛機起飛後，從車窗再遙望一眼這令人難忘的城市。稻城亞丁的美景像幻燈片，於腦海一一播放。回味中，我知道此行我已找回了《失去的地平線》裡，人人嚮往的香格里拉！

水墨畫卷——徽州宏村

「一生癡絕處，無夢到徽州。」受湯顯祖這兩句詩的影響，令我對徽州生出無限嚮往。腦海中勾勒出粉牆黛瓦的民居，後枕青山，前觀水塘，處處散發出幽悠古韻，思之令人沉醉不已。

二〇一七年九月中旬終於有幸參團前往一遊。行前先讀朱琦老師製作的圖表講義，以加深對徽州史地文化的了解。

徽州是中國歷史上的一個行政區。春秋時它原屬吳國，勾踐滅吳後屬越國，戰國後期屬楚國。秦漢時屬會稽郡，置歙縣、黟縣。元朝時稱「徽州路」，明清時為「徽州府」，轄歙縣、黟縣、休寧、祁門、績溪和婺源六縣。一九八七年改名為黃山市。現雖已不是行政區，但徽州一詞，仍多指那具有共同歷史、文化和語言的六縣區域。

由於徽州群山環抱，易守難攻，歷史上幾次大戰亂，造成北方移民大規模湧入避難。人口激增，土地資源越來越貧乏，只有從這裡走出去，方能擺脫貧困，於是有「前世不修，生在徽州，十三、四歲，往外一丟。」之說。他們經營杉木、茶葉、瓷土、筆墨紙硯與鹽等，加上吃苦耐勞，講誠信，使得徽商稱雄商界，形成「無徽不成鎮」、「徽商遍天下」的現象。

成為巨富的徽商，積極資助故里的文化、教育和建設事業。從參訪的城市中，都可看到他們在建築、雕刻、繪畫、篆刻、理學等方面所取得的重大成就。

我們一行人乘大型遊覽車，走進了位於徽州黃山腳下，黟縣縣城東北的宏村。它始建於北宋政和三年，歷經明清修建，至今八百多年，是汪氏家族的聚居地。原名弘村，為避乾隆皇帝弘曆的諱，改名為宏村。整個村落坐北朝南，背靠黃山餘脈雷崗山，西有邕溪河與羊棧河流過。

一下遊覽車，首先映入眼簾的是仿西湖「平湖秋月」樣式所造的南湖。但見遠山迷濛、荷葉田田、楊柳垂岸，一座古韻小橋橫跨幽靜的湖面。波光瀲灩，湖光雲影，水天一色，遠處山峰與近處徽派民宅皆跌落湖中，獨特神韻如詩如畫。

許多詩人在此留下詩篇，其中一首：

無邊細雨濕春泥，隔霧時聞小鳥啼，楊柳含顰桃帶笑，一邊吟過畫橋西。

電影《臥虎藏龍》開場，周潤發飾演的李慕白牽馬打石拱橋走進鏢局的鏡頭，就是在這裡拍攝的。微雨中，遊客們撐起的一把把花傘，給素樸的水墨畫面綴上點點繽紛色彩。

南湖這優雅的景致，讓人十分傾慕心醉，心裡頓生出湯顯祖於《牡丹亭》裡的句子：「情不知所起，一往而深」。

地陪邊帶路邊如數家珍地解說：在祖先的遺夢中，告知族人「牛是富裕的象徵，水是福澤的保證」，於是村落採用「牛」形佈局，似一頭休閒水牛靜臥在青山綠水中。以雷崗山為牛頭，村口的兩株五百年樹齡的古樹，一為楓楊（當地人稱紅楊），一為銀杏（當地人稱白果），做為牛角，月沼為牛心，南湖為牛肚，蜿蜒的水圳為牛腸，民居建築為牛身，四座古橋為牛腳，稱作「山為牛頭樹為角，橋為四蹄屋為身」。全景既有山林野趣，又有水鄉風貌。

村落現有三百多戶人家，一千多人。由於建村初期發生過火災，請風水師來改善，利用北高南低的地勢讓水流動，造了一套完善的供水系統。村民將河水引入，開鑿水圳，全長一千三百餘米，九曲十彎地穿堂過屋流入各家，形成「宅外長流水，宅內流水長」的景致，不但提供村民生活用水，也兼收調節氣溫與美化環境的功效。水圳在村的中部形成半月形的月沼，又在南部形成弓形的南湖。儘管村裡小路眾多，但只要逆著水流就可入村，順著水流就可出村，不會迷路。

穿過青石鋪路、古意盎然的巷弄，我們來到頗富詩意的月沼。

汪氏祖先認為月是純潔之物，所以將其設計為月型。這掘成半月形的月沼，取「長盈必虧，半虧有盈」的道理與「花未開、月未圓」的境界。我好喜歡這名字，取得真好！水塘清澈如鏡，粉牆黛瓦倒映水中，清晰可見，猶如天然的水墨畫，尤其牆面斑駁的歲月痕跡，更給沉靜的景色添了份凝重滄桑。

具重要地位的汪氏宗祠位於月沼北面正中，取名「樂敘堂」，為「秩敘敦倫，永履和樂」之意。進入前院，門樓正中寫有「恩榮」和「世德發祥」字幅，四周磚雕精美，有雙龍戲珠、獨占鰲頭等吉祥圖案，十分氣派。徽派的磚雕、石雕、木雕、竹雕這四種民間工藝在此被發揮得淋漓盡致。這些雕刻主要用於住宅的廊柱、門牆、牌坊、窗等處的裝飾，採用的是浮雕、圓雕、透雕等表現手法，繁複細緻的雕工令人驚嘆不已。

一跨進「樂敘堂」的門則是寬大的議事廳，供奉著老祖宗的像。陳設的楹聯與格言皆是教育後人為善、追求人與人，人與自然之間的和諧相處。「志道堂」是先生講學、授業解惑的場所。柱上有對聯：「細嚼梅花讀漢書，漫研竹露裁唐句。」閉上眼，彷彿滿堂都充盈著吟誦詩詞之聲。

我們還參觀了「文昌閣」、「啟蒙閣」、「寬和堂」、「傍雲堂」等。從這些建築可見出祖輩們對教育之重視。「承志堂」建築十分講究，富麗堂皇，是大鹽商汪定貴的住宅，有九個天井，六十個房間，是村中最大的建築群，保護得最為完美，被譽為「民間故宮」。

穿過巷弄，兩旁手工藝品店與小吃店林立。一家賣繡花鞋的店，取名「得水閣」，這名字引得人對這店鋪多望兩眼。也許不是旺季，沒見到遊客在內熱鬧採購，反而顯出雨天特有的閒適愜意。

穿出民居窄巷，再度來到進出口處的南湖。即將離去，回首宏村，背倚靈秀青山，清流穿村而過，黑白二色的徽派民居錯落有致地佇立湖邊，色調清幽淡雅，恰似一幅水墨山水長卷，難怪有「中國畫裡鄉村」的稱譽。有人說「山水是地上的文章，文章是書上的山水」，那份淡抹寫意，教人深深感受自然景觀與人文景觀融為了一體。

望著那一汪湖水與濛濛細雨，彷彿置身於三月裡的煙雨江南，腦海裡頓時浮現一身著素淨旗袍的江南女子，正撐著傘踩在青石板上，從舊日時光中緩緩走來，婉約細緻，合成了一首絕美的詩篇。

水是眼波橫，山是眉峰聚。欲問行人去那邊？眉眼盈盈處。……

山崖上的古村落——婺源篁嶺

古徽州一府六縣，即歙縣、黟縣、休寧、祁門、績溪和婺源，其中的婺源位處偏僻山鄉，很幸運地保存了古徽州的所有氣韻。常聽「五嶽歸來不看山，九寨歸來不看水」，而這裡卻享有「婺源歸來不看村」的美譽，其境內的篁嶺是它的濃縮版，具田園風光的恬靜閒適，彷彿世外桃源，備受遊客青睞。

篁嶺位於婺源縣江灣鎮東南的石耳山脈。建村於明朝宣德年間，距今已有五百多年的歷史，是典型的山居村落。因此地多竹，修篁遍野，故稱篁嶺。蘇軾曾有「無竹令人俗」的詩句，可見多竹的篁嶺，自散發出一股出塵脫俗的清雅。

我們乘觀光索道，進入這掛在山崖上的古村落。周邊有千棵古樹環抱，萬畝梯田簇擁，飛簷翹角、粉牆黛瓦的徽派民居，像是一幅水墨畫，在百米落差的坡面鱗次櫛比、錯落有序地展開。房屋一樓臨前路，二樓開門可達更高一處的大路，層層疊疊，被稱為「梯雲村落」。

這裡自古文風鼎盛、人才輩出，是清代父子宰相曹文植與曹振鏞的故里。他們是曹操的嫡脈後裔。曹文植是《四庫全書》總裁官之一，深受乾隆皇帝信任。以書法聞名，還是京劇鼻祖，曾經帶他的私家徽戲班進京慶賀乾隆皇帝八十壽辰，給日後京劇提供了一個重要的發展基礎。曹振鏞是乾隆、嘉慶、道光三朝的宰相，曾在嘉慶皇帝出巡時，守京代理朝政三個

天街

月。鄉民津津樂道，引以為榮，至今仍流傳「宰相朝朝有，代君三月無」的諺語。

我們步入現已改名為「婺源民俗文化展覽館」的「曹氏宗祠」，觀賞磚雕、寫在牆上的宗法制度與「金殿傳臚」匾等。曹文植十分重視教育，創辦了供族人子弟讀書的「竹山書院」，院前有個寫有「敬惜字紙」的焚化爐，教導孩子讀書寫字，不能隨意亂拋廢紙，要集中至此焚化。

由於地無三尺平，激發先民發揮智慧與想像力，用竹篩匾在窗台前支架晾曬農作物，朝曬暮收，既不佔地方，又便於收藏。一到秋天，家家戶戶曬滿了玉米、辣椒、稻穀和皇菊等色彩鮮豔的農作物，妝點了整個村莊，尤其在徽派民居黑白素色的襯托下，更展現出絕美的「曬秋人家」風情畫。可惜我們早來了兩、三個星期，否則就可看到這世界上獨一無二的崖上古村「曬秋」景象。

婺源舊俗，大戶人家的姑娘自八歲起不能出閨房，直至出嫁。篁嶺的女孩子們，常常斜靠著繡樓上的木廊座，遠眺山景與曬秋消磨時間，於是廊座就有了「美人靠」的美名。據說眼前這座繡樓是觀賞經典曬秋畫面的最佳位置，大家紛紛上樓，坐在美人靠上，與擺設有辣椒、玉米的竹篩匾合影留念，連窗外的水墨風景也一併攬入。

古村重視村莊佈局，講究風水，依照「天街九巷，三橋六井」來建設。九條巷道由天街分支，延展至村莊各個角落。天街是核心，長三百米，兩旁商店林立。踏著青石板路，看茶坊、酒肆、硯莊、篾鋪，油坊，還有現場雕刻木雕、作畫、工藝畫傘等，古趣盎然。一把把紅傘懸在街道空中，好有情致。經過作為教育、讀書場所的「竹虛廳」，臨街面的木雕圖案，精美繁複，雕工細緻，令人嘆為觀止。路邊還看到一幅可愛的篁嶺三寶——朝天椒、皇菊與山茶油的屏風廣告，古韻與現代感結合，別開生面，加上沿街的花卉植栽與藤蔓環繞，這條街讓人走得心曠神怡。

這麼多店鋪裡，給我印象深刻的是「村姑的天堂」。這自稱村姑的店東，經營著有婺源特色的手繪布鞋。扎著兩條辮子，身材高䠷，亭亭玉立，淺笑中酒窩浮現，整個人似融入四周的村景中。她來自重慶，學的是舞蹈專業。當她走出繁華的水泥叢林，初遊篁嶺時，遠離塵囂，獨對天地，與山石、草木、雲霧在一起，心中湧現出莫名的感動。面對大自然，如同面對神靈與佛，她虔敬地默默祈願、感恩。看山石草木都有各自的修行，於是她留了下來，開始在此扎根「修行」。世間很多人對所愛，僅止於築夢，要身體力行去實現，卻又百般遲疑，而她決然地放下原來所擁有，自得地生活在與心靈契合處。每天沐浴在朝陽夕暉中，閒看庭前花開花落，漫隨天外雲卷雲舒，令人好生羨慕！

天略陰，對面山谷雲霧縹緲，山嵐繚繞，恍若蓬萊仙境。空中飄起如煙細雨，套上導遊發給大家的「雨披」，我們向「壘心橋」走去。索橋全長近三百米，高度近百米，中間段四十八米鋪設玻璃棧道，在上行走可得多壘幾顆心，故稱此橋為「壘心橋」。那樣凌空透過玻璃朝下望，有懼高症的我，肯定會兩腿發軟，心跳加速，於是僅走前面一小段便回頭，沒敢往前續走玻璃棧道。

站在觀景台上，見梯田中有一方心形水塘，這原本是村民蓄水灌溉用，有一天突然被人發現形狀似愛心，就賦予它美麗的想像與傳說。眾多情侶紛紛在這方水塘前拍照，留下「相思篁嶺，愛在心田」的印證。

中午我們在樓高三層，可容納五百人的「天街食府」用膳。寬幅曬台窗戶，面向綠油油的梯田，遼闊原野的陰晴變化盡收眼底。宴席全用自種、自養、自獵之物。徽菜特色是在烹調方法上，擅長燒、燉、蒸，尤其是蒸，有「無菜不蒸、無日不蒸、無戶不蒸」之說，而爆、炒菜少，且重油、重色、重火功。「天街食府」根據篁嶺的傳統菜譜，創立了聞名遐邇的「八大碗」養生農家宴，大家吃得心滿意足。

今秋縣政府舉辦「篁嶺杯」「婺源蒸功夫」菜餚烹飪比賽，有贛、皖、蘇、鄂、湘一百五十餘位廚師參賽。「天街食府」送出創意十足的《八戒點秋》作品～用竹篩匾作托盤，黃色小米鋪底，黑芝麻於兩邊排出「誰知盤中餐，粒粒皆辛苦」的經典詩句，下面還排有「篁嶺曬秋」四個字。於小米上面擺放的白瓷盤裡，出淤泥而不染的荷花，映襯一份篁嶺特色的臘味合蒸，此菜一登場，即吸引全場注目，榮獲「中國徽菜傳承獎」，「天街食府」也被授予「中國徽菜傳承名店」的榮譽稱號。

臨別，再看一眼這廣袤的梯田風光。想像陽春三月，一片油菜花，金燦燦地盛開，美不勝收，懾人心魄。近年來，為突破季節限制，延展花卉主題，種上了四季花卉，有杜鵑花、牡丹、玫瑰、紫薇、薰衣草、桃花、梨花、三角梅等，一片姹紫嫣紅，成了鮮花小鎮，加上別致的「曬秋」農俗風景，篁嶺應是造物主遺落人間的一塊美玉，難怪廣泛贏得外界「中國最美鄉村」的讚譽。

頻頻回首，雖然它那低調的華美、安靜的絢麗，所散發出的醉人古韻，已一一烙印我心版上，但是，於不捨離去中，驀然驚覺，我早已把心留在這如詩如畫、掛在山崖上的古村落了。

亞洲　日本

日本遊——神宮與神社

先生與我熱愛旅遊，每次一看到數處旅遊的促銷廣告，就興致勃勃地討論去哪裡好。多年下來，已遊歷過許多地方，卻不曾去過日本。這次北美華文作家協會舉辦日本關東關西遊，主要是參訪神宮、神社與寺廟，外帶一些名勝古蹟。主辦人玉琳還特地來電郵相邀。於是九月底，我們踏上了日本。

旅遊從東京展開，遊覽車載著我們一行三十人，經箱根、名古屋、京都，然後以西邊的大阪為終點站。每到景點，導遊盡責地簡介歷史、文化與宗教背景，讓我們對所到之處有進一步的了解。

在步入赫赫有名的明治神宮前，導遊解說日本的原始宗教是神道教，以祭祀本土的天神地祇為主，信奉的是天照大神，在全國各地有無數供百姓參拜的神廟。據說，日本人相信他們民族是神的傳人，天皇是神在人間的代表。

心想究竟神宮與神社有何區別？原來神宮是供天皇祭拜的神廟，而神社則是供百姓祭拜的神廟。神廟入口處的特徵是有個朱紅色的「鳥居」，外形呈中文「开」字狀，類似中國的牌坊。鳥居又稱天門、神門、雞居等，主要是用來區分神域與人所居住的世俗界。

關於鳥居的起源，有個有趣的傳說：天照大神討厭她的兄弟，於是找了一個山洞躲起來，用石頭將洞口堵上，人間因此沒有了太陽。大家想了一個辦法，就是建立一個高高的木架，將所有的公雞放到上面，讓公雞一起啼叫，天照大神感到奇怪，推開石頭看看，那些躲在一旁的相撲力士們立刻抓住機會合力將石頭推開，這個世界就重新大放光明了。在日語中，鳥也可指雞，因此鳥居也被譯為「置放雞的木架」，傳說中的這個木架就是第一個鳥居。

明治神宮

座落在東京都澀谷區，佔地七十公頃，是供奉明治天皇與昭憲皇太后靈位的地方，於一九二〇年十一月一日啟用。宮前南北參道交會處的大鳥居，高十二公尺，兩柱間距九・一公尺，柱徑一・二公尺，是日本最大的木製鳥居。原鳥居於一九六六年遭雷擊損壞，於一九七一年向台灣購買丹大山樹齡一千五百年的扁柏，依以前的行制重建，於一九七五年竣工。

日本民眾每年於新曆的除夕會前往各地的神社參拜，稱此為初詣。明治神宮每年約有一千萬人去參拜，單單新年就有三百多萬人，成為全國初詣最熱門的地點。

當人們一踏入鳥居時，就表明進入了神的世界，所有的行為舉止都應特別注意，而且不能走正中間的路，那是供神明走的。路兩旁都是高大的樹木，顯得清靜肅穆，大家自然也就噤聲或是輕聲細語，沒了喧嘩嘈雜。路邊陳列了全國各地酒廠供奉的日本清酒罈，另一邊則是葡萄酒罈，看起來還是本土的清酒罈較具特色。

走了好長一段路，還穿過兩個鳥居才到達正殿。進去正殿前必需先洗手。導遊示範，先右手拿起盛滿水的勺子洗左手，然後交換洗右手，之後再交換至右手往左手裡倒水漱口，不能把嘴直接對著勺子漱口，最後把勺子放回原處就行了，洗乾淨後就可以進去拜神明。首先是要鞠兩次躬，然後拍兩次手，將願望告訴神仙，再鞠一次躬就行了。

在殿前廣場右側有一寫繪馬處，日本人自古就把馬當作神的交通工具來信奉。在平安時代之後，就出現了把馬繪在板上來信奉的習慣。如果想把願望繪在板上，需在繪馬處花五百日元買一個，祈求獲得神明的保佑。那裡也有許多保身體健康、學業有成、交通安全的護身符可買。

眼前突然出現來明治神宮舉行婚禮的隊伍。導遊說我們能碰上有新人在此舉行婚禮，運氣非常好。大家趕緊讓開，在一旁拿起相機猛拍。我心裡納悶著，穿傳統禮服的新人，為何臉上絲毫沒有洋洋喜氣？反而是凝重儼然。

平安神宮

這是一八九五年為了紀念桓武天皇遷都到京都一千一百週年而創建的。當時因為德川幕府末期的戰亂，市區都荒廢了，情景至為悲慘，於是拯救京都成為全國人民的期望，因而展開了巨大的建設工程。平安神宮，既是再現古代京都的隆盛，又是紀念近代的復興事業，於是它成為京都人的精神支柱。

它的鳥居是日本最大的，高二四・四公尺，寬三十三公尺，十分壯觀。宮外有座「手水所」，是進入宮內參拜淨手的地方。宮內的大門、主殿、配殿為對稱式木結構建築，鮮豔的朱紅色柱子，配上綠色的瓦和局部白色的牆，十分醒目，是當年桓武天皇採用唐朝建築樣式而興建的平安京的再現，所以依舊保有唐代中國建築的風格。

進入雙層構造的樓門——「應天門」，是一寬闊的朝堂院。導遊特別指出院落中鋪滿白色的砂石，是「枯山水」的園林，即以沙代水，以沙不同的波紋，通過人的聯想、頓悟，賦予景物以意義。正中拜殿為大極殿，內供奉桓武天皇和孝明天皇。

院內有座「池泉環遊式花園」，稱為「神苑」。意為不停在一個地方欣賞，而是環繞著池子轉，來欣賞花園的造型與四季應時的花卉。

伏見稻荷神社

位於京都伏見區，建於八世紀。主要是祀奉掌管農業與商業為首的稻荷神明，保生意興隆、五穀豐登，是京都香火最盛的神社之一。

入口處，矗立著由豐臣秀吉於一五八九年捐贈的大鳥居。神社裡，還有各式各樣的狐狸石像，因狐狸被視為神明稻荷的使者。在主殿後面，有成百上千座密集的朱紅色鳥居，構成了一條通往稻荷山山頂的隧道，稱「千本鳥居」，頗為壯觀迷人，是京都最具代表性的景觀之一，在電影《藝伎回憶錄》中也曾出現過。

隨著人潮，走在似無止盡的紅色通道中。淡淡的陽光從層層架起的鳥居縫隙中斜照進來，透著秋天的溫潤。若稻荷神明有靈，一眾虔敬信徒們匯聚的祈願聲，應已上達天聽，許他們以飽滿豐盈。

八坂神社

位於京都東山區，創建於六五六年。原名「祇園神社」、「感神院」，一八六八年改名為「八坂神社」。是日本全國三千多間八坂神社的總社，自古以來香火鼎盛。它的建築幾乎都是朱紅色，每年的重要祭典前，都會重新上色。例行的祭祀活動叫祇園祭，與東京的神田祭、大阪的天神祭並稱為日本的三大祭。

祇園祭，長達一個月，起源於八六九年瘟疫流行時，為了消災祭拜牛頭天王為其前身。平時八坂神社內也就掛滿了燈，到祭典時全都點亮，街道上的店家也都會掛上燈籠慶祝。在除夕至元旦早晨還舉辦「朮參拜」，即在「朮燈籠」裏點上祭拜過神明的淨火——「朮火」。一般認為只要元旦時用「朮火」烤年糕，即可消除整年的災禍、免於病痛之苦，因此每年都有大批參拜者用「吉兆繩」取火，小心翼翼地帶回家祈求平安，這成為京都除夕特有的景觀。不過現在有灶的家庭極少，加上為了安全，早已明令「禁止攜帶朮火搭乘電車」，唯有住在附近的居民，才可能把朮火帶回家。

京都本身就有三大祭典——五月的葵祭、七月的祇園祭、十月的時代祭，與三～四月的櫻花季、十一月的楓葉季錯開，所以京都一整年的遊客都是絡繹不絕。

導遊說看完八坂神社跨過對街，走小段路，即可見到「花見小路」，一聽到這四個字，我們好興奮，遊走一天的疲憊頓時消失得無影無踪。

花見小路

是京都最具代表的花街，約起源於江戶時代。當時來八坂神社朝拜的人很多，於是商家做起了提供茶水、小吃的生意，逐漸形成了茶屋街。後來許多商人、文人都喜歡來這裡洽談生意、評論時局、以酒會友，開始引進藝伎來表演助興，這條商街也就成了別具特色的街道。

藝伎都得經過嚴格訓練，不僅要精通各種歌舞樂器，還要了解國際新聞、花邊消息，兼善於察言觀色，迎合客人喜好。主要工作是陪客人喝酒聊天，以帶動宴會氣氛。一般她們是在藝館待客，除非有熟人或名士的引薦，才會到茶館酒樓出席私人宴會。

先生與我特意放慢腳步，看路兩旁一間間門面精巧的茶屋、料理店。待走完這條古意盎然的石板小徑，已是薄暮，也不曾看見藝伎出現，只好失望地回返與導遊約定的晚餐地點。一撥撥人陸續抵達餐館，驚喜地告訴我們，他們看見臉上塗了厚厚白粉，身穿華麗服飾的藝伎了，還把手機上拍到的照片給我看。我迭聲說：「太難得了，請轉發給我。」

席間，吃了些什麼，全沒留意，腦海中浮現的盡是藝伎令人驚艷的身影，以及她們華麗轉身背後所曾忍受過的酸楚淒涼。

人間淨土——「本栖寺」

二〇一五年九月底，北美華文作家協會舉辦了為期十天的日本遊。二十九日，一行二十餘人飛抵東京歇息一宿，次日遊淺草觀音寺與明治神宮後，於薄暮時分進入山梨縣。遊覽車沿著本栖湖邊的彎道行駛，右側山壁蒼林鬱鬱，左側湖水盈盈，波紋不興，湖對岸群山雄峙，倒影映其中，靜謐之美令人屏息，驚嘆聲中，未幾即抵達彷如世外桃源的本栖寺。

來自台灣的法師佇立院中迎接，她待我們安頓好後，簡介此寺。它是二〇〇二年初，佛光山於殊勝因緣下，擁有的一處位於富士山腳下本栖湖畔的道場。本栖原漢字為本棲，數百年前，居民避火山重返家園而命名，有其溯源回歸之意。當初星雲法師見此靈山秀水，想起幼時師承之棲霞山。為溯本源，並結東瀛深緣，命名新寺為「本栖寺」。又感源出中國禪門臨濟宗法脈，而此宗也是日本的名宗大派，所以將全名定為「臨濟宗佛光山本栖寺」。

此處原是一所競艇協會的選手訓練中心，佔地約一萬五千坪，建地約四千坪。設備完善，庭園清幽。教室、會議室、寢室、餐廳皆原有，僅將類似室內運動場的大空間改建為華藏寶殿。法師還帶我們看了乾燥室，可放心清洗沐浴後換下來的衣服，這對旅遊在外的人來說，真是貼心的設備。

略事休息，聽到通知用膳的打雲板聲，大家即前往二樓餐廳。需先面向張貼「回向偈」的牆面，雙手合十，朗誦「慈悲喜捨遍法界，惜福結緣利人天，禪淨戒行平等忍，慚愧感恩大願心。」自助餐式的素食擺滿一長桌，美味、健康又營養，令大家讚賞不已。

法師預告寺裡有早課，歡迎隨緣參加。次晨，我五點鐘起身，天尚迷濛，步出寺門，在湖邊等候日出。四周一片靜寂，山嵐氤氳，朦朧的山給蒙上了一層薄霧輕紗，似含羞帶怯的少女，映照著粼粼湖水，幾疑身在蓬萊仙境。一待日出，拍了幾張照片後，未作久留，即匆匆返回，至華藏寶殿禮佛做早課。

看著法本，虔心隨著法師念誦華嚴經，梵唄聲在清冷敬寂的大殿中迴盪。數度跪拜、起身、坐下，行禮如儀。當下，不思前，不想後，塵慮暫消。半個鐘頭後，課畢。

轉行至大殿正面，瞻仰三十六尊祥和莊嚴的佛像。能容納千人的大殿竟不見一根直立樑柱，原來是靠四大根從屋頂往外延伸出去到地面的樑柱支撐。信徒間沒有樑柱遮擋，視野寬敞，心隨之伸展開來，也生出份對「空」的領受，這樣的設計美觀實用又別具意義。

響起了早餐雲板，進入餐廳，眼睛一亮。昨晚用膳時天已黑，此時方見好幾大扇落地玻璃窗，框住了眼前秀麗的寺院風景及遠處的湖光山色。法師說天氣晴朗時，還可見到富士山。坐在這樣的天地裡享用可口齋飯，真是有福！想來「一粥一飯，皆有前緣；一點一滴，亦有前因。」十分感恩與珍惜這份因緣。

寺院備有單車，我們沿湖瀟灑地騎著，時光彷彿回到幾十年前。朔野風大，吹亂了長髮，卻吹不散浮上心頭對白衣黑裙清純歲月的懷念與思憶。

路蜿蜒向上，坡度漸高，頂著風用力踏著。最後一段，實在騎不動，下車推著走，一定要到高頂，好一攬山水於懷。終於到了，日幣一千圓上印的富士山湖景就是岡田紅陽先生從這裡拍的。可惜此時非冬日，富士山巔沒有皚皚白雪覆蓋，失去了它的味道。好在有個木牌豎立於此，上面有冬景圖片及說明，略為彌補心中的遺憾。

上午在掛有星雲法師手書「阿彌陀佛」四字的大堂安排了茶道課。雖說日本茶道源自中國，但已發展出它自己特有的內蘊。日本戰國時代著名的茶道宗師千利休繼承歷代茶道精神，創立了正宗茶道，並提出「和敬清寂」的思想，這對茶道的發展有極其深遠的影響。

老師邊解說邊演示，法師在旁翻譯。規程繁瑣，茶葉要碾得精細，茶具要擦得乾淨，動作要有規範，既要有舞蹈般的節奏感和飄逸感，又要準確到位。

每次四位團友上前學習，跪坐草蓆上接受奉茶。老師一絲不苟地點炭火、煮開水、沖茶，她的助手則在每人面前放一塊糕點。茶沖好後，依次將之獻給團友。團友需恭敬地雙手接茶，先致謝，接著三轉茶碗，輕品、慢飲（邊吃點心）、奉還。

很佩服日本人做事態度嚴謹及追求細緻完美的精神，不過，這時候，我的心卻飛回家中，思及一杯在手，不用遵循儀軌，閒適隨意的飲茶情景。

午後，安排的是和服課。和服種類繁多，無論花色、質地和式樣，千百年來變化萬千。不同身分與不同場合，穿著也就不同，並講究木屐、布襪、腰帶、配件和髮型的搭配。每一套優美的和服，都精心裁製而成，展現出穿著人的優雅氣度與內斂本質。

老師帶來好多件「浴衣」，讓大家挑選試穿。古時浴室是蒸汽式的，怕被牆壁和柱子燙傷，所以穿著浴衣入浴。後來入浴演變成不再穿衣，直接浸泡熱水中，於是這種和服變成浴後穿的簡單衣物。因是單衣，也成為夏季的休閒穿著。大家頗覺新奇地穿戴好後，紛紛攝影留念。

窗外，飄起了雨，一雨成秋。原本晴和的天，驟然涼意襲人，樹梢剛轉紅的楓葉亦被無情地吹落。秋天是思念的季節，惦念著給遠方好友捎去楓葉，一待雨歇，馬上於園中零亂的濕地上，尋尋覓覓。終拾得無瑕的一片給她寄去，聊表我纖纖心意。

近三天的停留雖短暫，這頗富禪意的人間淨土卻留給我深刻的印象。不捨地再看一眼園景，華藏寶殿、滴水書房、禪房……此時星雲大師曾為它賦的一首詩在心中靈動地響起——

「春有梅櫻秋楓葉，夏湖冬雪映富士；若人能到本栖寺，自在解脫增福慧。」

亞洲　台灣

金門今昔遊

二〇一四年十月底，女作協結束會後於福建泰寧的旅遊時，沒想到臨離開前我卻踩空一階，摔了一跤，左腳頓挫下，腳踝骨折。醫生要我開刀，可是，我好想去下一個行程——金門。大一暑假曾參加過金門戰鬥營，幾十年了，依舊縈繞心懷，如今機會就在眼前，怎能錯失？何況先生當年不曾在金馬前線服役過，聽我老提金門，心中不無遺憾，我不願他因我而失此大好機會，於是吞下止痛藥，決定隨團搭動車返廈門，再搭渡輪到金門，好一償魂牽夢繫的夙願。

碼頭服務人員，一看我不良於行，趕緊拿輪椅讓我坐，可惜岸邊與輪船間搭的通行木板不夠寬，輪椅上不了船，只好拄著拐杖，靠右腳用力，在先生扶持下，一拐一瘸艱難地跳了上去。船開了，望著眼前平靜的海水，心中卻翻著波浪。憶起大一暑假那年，從高雄坐軍艦前往金門參加戰鬥營，滾滾浪濤中，顛簸的軍艦讓我飽受暈船之苦，吐得昏天黑地，奄奄一息，直到上了岸，人才「活」了過來。

真快，離開廈門碼頭，彷彿才一瞬間，怎麼渡輪就已抵達了金門？一下船，服務人員立將輪椅推過來，不過這輪椅不能借出碼頭使用。正為此煩惱時，來迎接的金門文化局人員馬上開車回局裡，帶來輪椅。好感動，這份貼心的熱忱，適時地舒緩也溫暖了我備受骨折煎熬的心！

金門文化局與金酒公司設晚宴款待，為短暫的兩天行程拉開了序幕。豐盛的海鮮菜餚，搭配入喉香、醇、甘、洌的五十八度金門高粱，令大家讚不絕口。我因腳腫脹，按捺下暢飲的衝動，僅小抿兩口。杯觥交錯的乾杯聲此起彼落，賓客間已打成一片。酒果真是最好的催化劑，點燃了大家的熱情，紛紛自動上台表演。一首「將進酒」，吟得鏗鏘豪邁；一曲柔媚的肚皮舞，跳得全場睜大了眼；一支兒歌〈兩隻老虎〉用好幾種語言來唱……盡顯各家才華。

次日開始參觀行程，第一站是莒光樓，一望這麼多的石階，我怎上得去？只好望梯興嘆，留在遊覽車上。遙望莒光樓三個字，心裡想的卻是當年戰鬥營裡大家穿著軍裝，雄赳赳、氣昂昂地站在太武山巔那座「毋忘在莒」勒石前的合影，那時可是滿腔熱血在沸騰啊。

接下來參觀光華園酒窖，原為施放空飄傳單氫氣罐存放的坑道，停止了空飄作業後，二〇〇五年起，改為儲放金門陳年高粱酒用，我們順道於光華基地的心戰資料館略作停留，旋即到久仰的金門酒廠，了解創建經過、製酒過程、種類與行銷網等。一踏入展示廳，旋即被一瓶瓶造型各異、濃度不同、風格特出的高粱酒所吸引。不用飲，光看就已醉了。金酒飄香已逾半世紀，已成金門的經濟命脈，不僅繁榮了地方，也讓縣民共享福利。金酒公司未來還朝酒文化、酒藝術之角度發展。

到達具閩南文化的古厝與洋樓建築群，看這些高低不平的路，穿堂走巷的，我只好又留在遊覽車上。趴在窗邊，將攝影鏡頭由遠拉近，照它幾張留念。磚紅色的溫潤色彩基調、屋頂上燕尾式和馬背式的屋脊，將「水頭聚落」古厝的特色繪入中西合璧的畫裡。一幢幢氣派的洋樓，是民初鄉民到海外創業有成返鄉所建。記得於戰鬥營時曾去過「官兵休假中心」，那是有功官兵及其眷屬訪金門時的招待所。印象中花木扶疏、美輪美奐，與碉堡比，簡直就是天堂。鄧麗君在金門慰勞將士演出〈君在前哨〉時，就住此。現在方知當年的「官兵休假中心」就是有金門第一洋樓美名之稱的「陳景蘭洋樓」。

以前金門沒有大學，我們暑期戰鬥營就借住金門中學，營區名「志清莊」，兩邊是樣板標語「立定實行三民主義的大志」、「負起拯救大陸同胞的責任」。兩岸雷同，大陸的標語不也是要解放台灣，拯救生活於水深火熱中的台灣同胞？聽說現在戰鬥營已不興這樣的標語了。金門如今已有了自己的大學，這次兩岸作家就特別在金門大學舉辦了一場「假如我重做大學生」的座談，掀起與學生間熱絡的交流。心想，如果我重做大學生，暑期活動還是會選擇參加金門戰鬥營，接受軍事洗禮、體驗戰地生活。

記得那時營訓期間，看戰士演習，蛙人操練，想著他們保國衛民的辛勞，每個學員心裡都脹得滿滿的。待晚上輕鬆下來，大家唱歌、玩遊戲、說故事，彼此間培養出如軍中袍澤般的革命感情。男學員還對著女學員戲劇化地高唱：

「阿香，阿香，妳幾時辦嫁妝？想起妳來我簡直要發狂。婚禮不會太堂皇，汽車也許坐不上。新娘年輕，生得漂亮，坐三輪車又有何妨？」

女學員們也毫不客氣地回唱：

「阿康，阿康，老實話對你講，你那長相我實在看不上。婚禮連汽車都沒有，娶我你簡直夢想。你不想想，三輪車上，新娘子有多窩囊？」

遊覽車停在「金合利鋼刀」店前，大家興沖沖地進店，想見識這砲彈怎麼就能變成赫赫有名的金門菜刀？剩我獨坐車上，在想那延續了二十年的砲戰，擊出近百萬發的砲彈，炸毀了多少生命與房舍？只剩下滿目瘡痍與塗炭生靈。讓人痛惜的是：第一天的砲擊就炸死了三位金防副司令——吉星文、趙家驤與章傑。吉星文乃一九三七年七月在宛平首先發動抵抗日軍侵略盧溝橋的民族英雄，在抗日救亡的歷史上寫下了永垂不朽的一頁，他沒被日本人的炮火打倒，卻不幸被中國人自己的炮火擊斃了，哀哉！

最後一天，我們乘渡輪到烈嶼鄉，又稱小金門。它包括大膽、二膽、復興嶼、猛虎嶼、獅嶼等諸小島，距離大陸最近的島嶼僅約五百公尺，在戰略位置上可說是「外島中的外島，前線中的前線」。

我們乘坐電瓶車，一到景點，就下車參觀。大家走過從花崗石開挖出的九宮坑道，鑽進勇士堡和鐵漢堡，看軍事要塞設施與地雷區。行動不便的我仍坐車上，看不到九宮坑道，就想念起座落於太武山腹，也是從花崗石開挖出可容納千餘人的擎天廳，那寬廣高大的廳堂，不見任何一根樑柱支撐，顯得格外雄偉壯觀。僅用炸藥、簡單的機械工具，怎可能完成這麼艱鉅的工程？真是鬼斧神工，令人嘆為觀止。我們戰鬥營的學員就曾在那裡，舉辦一場惜別晚會，載歌載舞，慰勞辛苦的戰士們。

大家從碉堡出來後，電瓶車載著我們環島，欣賞沿路風光。碧海青天、蔥蘢大地、結穗纍纍的高粱田，加上微風拂面，已忘了這裡曾是籠罩在硝煙炮火中的戰地，可是在臨近美麗的海灘停下後，看見用火車鐵軌一截截裁切而成的鐵柱——軌條砦，根根指向海面，做成柵欄，以防共軍侵犯時，心為之痛，殘酷的戰爭場景又復現腦際。

大家認真地隔海張望，廈門就在對岸。也許是通了航，互動頻繁，遙望故鄉的激情已不再。可是，當年，在大膽島遙望對岸時，我心中卻是洶湧澎湃，想著一彎淺淺海峽的隔絕，讓親人痛斷肝腸，那裡有他們朝思暮想的老母、妻兒啊，念此，淚水頓時盈眶。一九八七年兩岸開放，許多老兵沒能等到這一天，當他們的骨灰罈被送回時，那一罈又一罈裡裝的豈止是骨灰，還有他們一輩子濃濃的鄉愁與遺憾！

不只金門，廈門的百姓何嘗不是生活在戰爭的恐懼中？昔日的戰地，今已成觀光勝地，但從遺跡裡，我們仍可感受到炮火的無情，這警醒著我們：千萬別讓歷史再重演，該好好珍惜眼前這得之不易的和平，更要加倍愛惜這片蒙受過苦難，浴火重生的土地。

啊，金門！雖然此次我夙願得償，但每至一處，現景與回憶交融，心中滿溢著難以言宣的絲絲甜蜜與淡淡惆悵。看著波光粼粼的海面，我明白，即使來過了，卻依舊情牽。我，還會再來的！

歐洲 荷蘭

水都古韻——荷蘭烏特勒支采風

二〇一六年初夏，先生與我有個從荷蘭阿姆斯特丹出發，經德國、法國至瑞士巴塞爾（Basel）下船的萊茵河遊輪之旅。我們打算提前三天到，好在遊輪離港南下前看看這個城市。行前向登山好友來自荷蘭的羅勃請教，抵達阿姆斯特丹後應去哪些景點遊覽？他卻大力推薦我們去他的故鄉烏特勒支（荷蘭語：Utrecht），他說這個城市比阿姆斯特丹幽靜閒適，玩起來會輕鬆寫意些。

飛機在奧斯陸轉機，抵達阿姆斯特丹已近午夜。次日，我們還是先在阿姆斯特丹略作停留，參觀了頗負盛名的梵谷博物館，並在城中心遊走一番後，方於黃昏時分，至中央火車站搭乘火車，比想像中快捷，約半小時即來到羅勃懷念的故鄉——烏特勒支。抵達旅館後，天色已晚，怕路不熟，夜晚視線又不清，何況白天走累了，只想讓曾骨折過的腳好好歇息一宿，待養精蓄銳後，第二天再出發。

關於景點，來前羅勃提及一定要去聖馬丁主教座堂鐘塔看看，當時好奇，曾上網查過。現隔睡前，還有大把時間，於是再上網多查看一些：荷蘭劃分為十二個省，烏特勒支是其中烏特勒支省的省會，位於荷蘭中部，人口約三十三萬。原本是公元四十七年羅馬人於萊茵河上建築的一個堡壘，稱為「萊茵渡口」。自十七世紀開始，逐漸發展為商業與工業重鎮，十九世紀更因鐵路與公路的開發，成為荷蘭交通系統上非常重要的樞紐，而升級為省層級的城市。

它有著近兩千年的建城歷史，許多建築物都是中世紀留下的古蹟。十八世紀後成為荷蘭的宗教中心，以烏特勒支主教座堂最為有名，並擁有荷蘭最高的鐘塔。現是荷蘭第四大城，僅次於阿姆斯特丹、鹿特丹與海牙。心裡對此城多些了解後，我酣然睡去。

第二天一早，在旅館用過豐盛的自助早餐後，問旅館櫃檯要了張地圖，旋即朝鐘塔進發。

聖馬丁主教座堂鐘塔（Domtoren）與主教堂（Domkerk）

鐘塔與主教堂隔著廣場相望，本來是連為一體的，後來接連它們的通道在一六七四年的那場颶風中倒塌，此後未再修復，這座高一百一十二公尺的哥德式鐘塔就成為一棟獨立建築。它呈八角形，高聳如雲，以其典雅的氣質與迴異當時建築風格的大膽結構動人心魄。自一三二一年開始建，於一三八二年完工，距今已有六百多年的歷史。它不只是烏特勒支的地標，也是通往天堂的象徵，充分展現其歷史發展與宗教的密切關係。

從塔底到接近塔頂一百〇二公尺處共有四百六十五個台階。拾階而上，可以看到塔內共有十三座自鳴鐘，重量分別在八百八十－一萬八千磅之間，鑄造於一五〇五年。每座鐘都以聖徒的名字命名，且每十五分鐘一小段，每六十分鐘一大段，就會有悠揚的鐘聲響起。整個城市彷彿是一座大型音樂盒，起著撫慰人心的功效。若是於四處逛得迷路了，只要循著鐘聲，朝鐘塔方向前進，就會回到市中心。

每小時有專人帶領著導覽團，登上鐘塔頂端鳥瞰四周的景象。天氣好時，甚至可遠眺到阿姆斯特丹或鹿特丹等地區。許多人都說既然來了，就應登頂。這階梯不只高而且陡峭，我衡量曾受過傷且尚未百分之百復原的腳，不想用盡「洪荒之力」以致下面行程有困難，只好立於塔前抬頭仰望。未能登頂一攬全景入懷的遺憾，就留待他日若有機會再彌補吧。

在鐘塔對面的是荷蘭哥德式教堂中最古老的，也是荷蘭境內唯一的主教堂，其主教是羅馬教廷在荷蘭的天主教領袖。這座主教堂最初由亨德里克·范菲安登（Hendrik Van Vianden）於一二五四年著手建造，一五一七年才完工。交通位置極為方便，從中央車站步行過來約十分鐘可達。

當從側門一步入主教堂，迎面而來的是泛黃挑高的迴廊，給人種深邃肅穆的感覺。被迴廊環繞的中庭花園綠意盎然，尤其在四周古老沉寂的建築與雕刻的襯托下，更突顯出花草擁有的蓬勃生命力，加上流動的遊客與學生點綴其間，使得靜與動、古早與現時畫面交錯所產生的視覺反差效果，令人驚艷。在這中庭花園我流連徘徊，不捨離去。

教堂前面廣場有座手拿火炬的自由女神雕像，是座戰爭紀念碑，為紀念二次世界大戰爭自由而設立的。

烏特勒支大學

在廣場南邊，緊鄰主教堂即是烏特勒支大學，創辦於一六三六年。大約有三萬名的學生，分七個學院——文學院（藝術系、神學系、哲學系），社會科學和心理學院，法律、經濟和工商管理學院，地球物理學院，醫學院，獸醫學院，理學院（生物系、化學系、通訊和計算機系、數學系、藥物學系、物理學和天文學系）。除了法學院、經濟學院以及下屬的UCU（University College Utrecht）座落在烏特勒支城，其餘學院全座落於城東邊的Uithof區，這Uithof校區在二〇一一年正式更名為烏特勒支科學園區。

烏特勒支大學是荷蘭規模最大、綜合實力最強的大學，也是歐洲最好的研究型大學之一。所有課程都著力於培養學生的思辨、邏輯與研究能力，學校歷年更出了十二名諾貝爾獎得主。

在大學前面，豎有荷蘭建國始祖之一揚・范・拿騷（Jan Van Nassau）的銅像，該銅像立於一八八七年。遊客不能進入大學內參觀，於是紛紛在此銅像前留影，算是到此一遊吧。

運河

荷蘭幾乎全國都是低地，水道縱橫，許多古城都有自己的運河系統，但是貫穿烏特勒支舊城區的古運河卻別具魅力。它築於十一世紀，原為防止萊茵河氾濫所挖的壕溝，現卻成為最佳景點。最大特色是運河水面遠低於地面五公尺，運河兩邊佈滿磚結構的碼頭和巨穴似的地窖倉庫，這些地窖一直延伸到兩邊住宅。以前曾用來儲藏船運貨物，現在大部分已改裝成酒吧、餐廳或咖啡廳。天氣晴朗時，不少人坐在露天咖啡座，看遊人在河中踩著腳踏船、划著各具特色的小木船或坐在遊船上，邊享受著和煦的太陽，邊度過悠閒的時光。

站在停滿單車的橋上居高臨下瞭望，婆娑樹影，倒映河中，徐來清風，吹落一陣花絮，於河面慢慢漂盪。由堤防的階梯步下，更可見蜿蜒河流，從一座座拱橋間穿梭而過。此時，堤岸兩旁的古建築與教堂傳來噹…噹…噹…的渾厚鐘聲，形成一種獨特的景觀與感受，讓人幾疑置身於中古時期，醺醺然陶醉於此幽悠浪漫的風情中。

購物中心

大型室內購物中心（Hoog Catharijne）與中央火車站結合，走道如同街道的公共空間，也是車站往市中心的主要通道，因此整夜開放。商店林立，約有一百八十多家，吃的、穿的、用的應有盡有。除了大型購物中心，舊運河和鐘塔附近都有購物街，包羅了大眾化的市集、販賣各種用具或裝飾品的小店與有獨特設計風格的名牌精品店等。在巷道中，走來走去，不只看店，也看頗具特色的建築，走得好累，街邊有咖啡座，可休息一下痠痛的雙腳，坐下來悠然閒散地看下過往的遊客，看許多當地人騎著單車匆匆而過，這是他們日常生活中的交通工具，無可置疑，眾多的單車也形成了此地頗具特色的景致。

飲食文化

烏特勒支人早午餐以簡單的冷餐為主，正餐是晚餐，通常是兩菜一湯。傳統菜即以馬鈴薯、奶酪、麵包為基本材料。喜歡將馬鈴薯、肉腸和豆類，煮成一鍋濃濃的湯，配上麵包即可。也喜歡將馬鈴薯、肉與蔬菜混煮成泥狀來吃，這些材料的組合會視時令季節做個調整。

問過羅勃，除了這些可有比較特別的？他說那就是魚皮銀亮，油光閃閃的鯡魚（Haring）。吃鯡魚，一般是將嘴張到最大程度，用手抓住一條去頭剔骨的生鯡魚往嘴裡塞。聽來有點恐怖，不過當地人卻覺得肥美味鮮，我們沒敢嘗試。

此時天陰了下來，沒一會兒，就飄起了絲絲細雨，初夏的北歐竟似初春，泛起一陣濛濛涼意。還好我們穿了夾克，略可擋風，可惜沒帶雨具。即使還有許多地方想去，譬如鐵道博物館、米菲兔博物館（小白兔Miffy是荷蘭國寶級的卡通人物）、音樂鐘博物館、郊外的德哈爾古堡（kasteel De Haar）……等等，不想淋濕受寒，何況已走了一天，明天還得回到阿姆斯特丹搭乘萊茵河遊輪，只好不捨地離去，也罷，算是給自己留個下次再來的念想與藉口。

歐洲　愛爾蘭

「翡翠島國」愛爾蘭行（一）

二〇一七年四月下旬，我們抵達倫敦。在朱琦老師隨團講解下，一行人如沐春風。於附近名勝景點遊覽後，橫穿英國威爾士（Wales），從菲什加德（Fishguard）港搭乘渡輪，越過聖喬治海峽（St. George's Channel）來到了愛爾蘭。

當一踏上愛爾蘭，就被眼前迷人的翠綠景色所吸引。終年溫潤多雨的海洋性氣候，讓它贏得「綠島」、「綠寶石」與「翡翠島國」的美稱，尤其雨後，那份嫩綠，水溶溶的，清新亮眼。於此舒心國度，展開我們為期四天的美好旅程。

沃特福德（Waterford）

建於九一四年，位於許爾河（River Suir）下游，依山傍海，山明水秀。因位處南端，較其他城市陽光充沛，故有「陽光之都」的美稱。是愛爾蘭第五大，也是最古老的城市。我們夜宿此城。

次日，沿著河邊優悠漫步，看建於十三世紀的古城牆和維京人為城市防禦工事而修建的瑞琴納塔樓（Reginald's Tower）。據說它還是愛爾蘭第一座使用石灰、動物的軟毛和泥等混製成砂漿修建而成的建築。它的名字源於愛爾蘭海盜（Ragnall MacGillemaire城的統治者），他曾被維京人囚於此塔。現在塔內設有博物館，展示維京時期的藝術珍寶。

沃特福德還有個聞名於世，創建於一七八三年的水晶工廠，至今仍居水晶行業的龍頭地位。我們進入廠內參觀製作流程，從吹製、冷卻、塑型熔融到切割和雕刻成各種尺寸與形狀的成品。許多精緻的水晶，從杯、盤、花瓶、酒具、物件擺設到珠寶首飾等，在展覽廳散發出璀璨耀眼的光芒，令人驚艷，不捨離去，尤其有座精緻直立式的「威廉・馬多克時鐘」，十分吸人眼球。威廉・馬多克是一七六六年至一七九〇年當地最負盛名的鐘錶製造商。此鐘重約九十五公斤（二百一十磅），做工燦爛精細，這是一直貫穿在愛爾蘭百年品質的標誌。紐約時代廣場二〇〇〇年到二〇〇七年的跨年水晶球，就是由沃特福德水晶工廠所設計。

基拉尼國家公園（Killarney National Park）

我們一路忙著欣賞窗外綠油油的田園風光與金燦燦的油菜花田，不知不覺遊覽車已駛進位於凱里（Kerry）郡的基拉尼鎮。只有一萬多人口的小鎮，卻因有了基拉尼國家公園，而成為知名的旅遊勝地。

它是愛爾蘭的第一座國家公園，前身是莫克羅絲莊園（Muckross House）。一九三二年莊園主人將它捐獻給政府，以後被大幅度擴展，形成約二萬六千英畝的多樣性生態環境公園。擁有幽靜的湖泊、數座環繞的蒼鬱山峰、珍貴的橡樹與歐洲紅豆杉林、當地特有的紅鹿群，以及愛爾蘭現存面積最大的原始森林，這森林是許多動植物生長棲息地，有些物種十分稀有。一九八一年被聯合國科教文組織指定為世界生物圈保護區之一。

這裡禁行汽車，我們乘八人座的古典馬車進入園內。聽踢踏的馬蹄聲，在小徑輕快地響著，風趣健談的馬車伕兼導遊，那口英國腔的英文，加上清雅的風景，讓人感覺遠離現俗，走入了古歐洲電影中才有的畫面，心中不禁漾起了絲絲浪漫。

穿過高聳的樹林，眼前豁然開朗，現出一片開闊的藍天白雲與綠意盎然的大地。想是春季雨水豐沛，這翠綠如洗的風景，令人心曠神怡。

典型中世紀奧多諾霍（O'Donoghue）家族的羅斯城堡（Ross Castle），矗立於該園三座湖泊中最大的羅琳（Lough Leane）湖旁。這座堡壘原為防禦敵人而建，於相對的角落各設有一座四方形的瞭望塔，在它外側又多立了一道牆來加固，塔樓內的每一階迴旋梯都故意設計成不均等的高度，若有敵人攻進來時可擾亂他們的步伐，拖延牽制敵人的行動。隨著時代的變遷，它失去了作用，如今荒置，處處顯露出滄桑。幸得深情湖泊在旁朝夕相伴，於流霞映照下，給老去的容顏添上一抹青春的色彩。

湖中數隻綠頭鴨優游著，岸邊橋畔的水彎裡停泊著許多船隻，有隻鮮藍色的，在一片綠野中顯得特別搶眼。遙望湖上蘆葦蕩處，有個人正獨自泛舟，孤單的身影，頗有「小舟從此逝，滄海寄餘生」的況味。

大家四處走走，選好角度拍照留念，不管是古堡、湖泊或是遠山，在鏡頭下都好美。突然發現橋那頭擠著一群人，原來是新娘剛到，來此取景，正準備跨過橋，以古堡為背景拍婚紗照，將現代新潮交融於古老歷史中，這品味真是獨到。彷彿時光倒流，令人興起不知今夕是何年的感覺。

天色漸暗，怕要下雨，有人說愛爾蘭的天氣，好比女人的心，捉摸不定，一天甚至會有四個季節，時而風雨交加，時而艷陽高照；一陣冷來，一陣暖。我們趕緊上車回酒店，果真，沒一會兒，大雨滂沱而下。

稍後即使停了，那夜夢中，雨，依舊淅瀝地下著，遍灑在基拉尼國家公園如茵的草地上。

「翡翠島國」愛爾蘭行（二）

我們一早離開基拉尼國家公園，帶著它清新的芳草香，來到下一站。

利蒙瑞克（Limerick）

愛爾蘭的第三大城，座落在無數愛爾蘭詩人歌詠的香儂河（River Shannon）畔，享有「香儂河畔的美麗田園」與「和約城市」之稱。一六九一年十月三日與英格蘭在一石頭上簽訂了第一個和約，這石頭自此被稱為條約石（The Treaty Stone）。

約翰王城堡（King John's Castle）建於一二〇〇年至一二一〇年間。約翰是十二世紀第一位征服愛爾蘭的英格蘭君主亨利二世的兒子，受封為愛爾蘭大公，後來他又成為英格蘭國王，於是愛爾蘭正式併入英格蘭統治。這城堡有五面堅固的高牆圍繞，以石橋對外連接。堡內有利蒙瑞克歷史介紹中心、英國古代游擊兵兵營遺址等。看看這些冷硬的石砌高牆，幸好它近傍著香儂河，給曾氣勢磅礡而今斑駁古舊的城堡，添了份柔和流動的朝氣。

經過聖瑪麗大教堂（St. Mary's Cathedral），也稱為利蒙瑞克大教堂，建於一一六八年，是該教區的主座教堂，屬於英國聖公會。礙於行程緊湊，我們沒停下來進內參觀。

車子沿著香儂河畔開，恰巧看見有水上活動，很好奇那粗大的水管能將人托得好高，還有水柱噴出，隔著玻璃窗趕緊拍下這從沒見過的鏡頭。

莫赫斷崖（Cliffs of Moher）

地處中西部邊緣，由地殼變動和大西洋驚濤駭浪恆久衝擊而成，是愛爾蘭最出名、遊客最多的景點，也是歐洲最高的斷崖。Moher古蓋爾語是「荒廢的堡壘」之意，位於遊客中心往南約四公里的最南端懸崖邊上。它建於公元前一世紀，如今已成遺蹟。

我們抵達時，天氣轉陰，迎著強風走向綿延八公里長，高兩百一十四公尺的斷崖，看來相當驚險，還好日漸增加的體重有了份量，否則真會有一不小心就被強風吹下斷崖的可能。走近如斧劈刀削般的崖邊，探身朝下一望，波濤洶湧，浪花滔滔，擊打著崖壁，發出陣陣怒吼，令人膽顫心驚，那架勢如同蘇東坡《念奴嬌・赤壁懷古》裡的「亂石穿空，驚濤拍岸，捲起千堆雪」，我嚇得連忙後退數步。可惜按下相機快門，總是遲了，沒能拍出斷崖磅礡的氣勢。

崖旁有一座建於一八三五年的奧布萊恩塔樓（O'Brien Tower），石頭壘砌，十分牢固，是一位國王的後裔科尼利厄斯・奧布萊恩爵士（Sir Cornelius O'Brien）所建。目的非關軍事，純屬點綴景觀。站在塔頂，俯瞰陡峭險峻的斷崖與浩瀚無際的大西洋，雄偉壯闊的美景盡收眼底，一切俗慮盡拋。

懸崖峭壁上長有許多珍稀物種，也是上萬隻海鳥的棲息地。最低處是「女巫頭」，海拔約一百二十二公尺。走到接近斷崖底層的地方，就可看到上億年前的史前河道遺蹟。限於導遊給我們停留於此的時間不長，加上氣候不佳，就沒前往。

這樣奇特的風景自然吸引了電影製片家來此取景。《哈利波特——混血王子的背板》中，哈利波特和鄧不利多為了找出佛地魔不死之因，飛向聳立海邊的斷崖，就是在此拍攝的。還有其他世界著名的影片也在此取景，如《雷恩的女兒》、《麥金托什男人》、《公主新娘》、《遙遠》與愛爾蘭本土製作的電影《走進西部》和《傾聽我歌》等。

高威（Galway）

是文化、貿易和旅遊的中心，被譽為愛爾蘭的「文化首都」和「西部之都」。走在街上，可感受到這城市的時尚，街景洋溢著青春氣息，不時有愛爾蘭的古典音樂隨風飄送過來。新潮與古舊在此交疊，形成一股特殊的魅力。夏季會舉辦許多活動，如藝術節、文化節與爵士音樂節，且由於靠海，海產豐富，還舉辦生蠔節，每年吸引大批遊客湧入歡慶，是個色彩豐富且充滿活力的美麗城市。

它有個地標，即綠頂的高威大教堂（Galway Cathedral），是座天主教堂。建於一棟舊城市監獄的原址上，一九五八年始建，一九六五年完工，與歐洲動不動就是好幾百年歷史的老教堂來比，這是個非常新的教堂了。圓頂高一百四十五英尺，穹頂和柱子反映了文藝復興時期的風格。淺綠基調，明亮的彩繪玫瑰窗和馬賽克，將教堂裝飾得十分華美。

高威海港曾為發生的大饑荒事件扮演過重要角色。一八四五年至一八五二年，愛爾蘭經歷大饑荒，賴以為生的馬鈴薯發生「晚疫病」，它是由一種名為致病疫霉的真菌引起，導致馬鈴薯莖葉死亡和塊莖腐爛，收成歉收。大饑荒還有其歷史背景，自合併成英國的一部分後，人口從五百萬激增至八百萬，造成糧食供應壓力，及前從南美引進馬鈴薯時，為提高糧食產量，僅引進成長最好的品種，這種對單一農作物的過度依賴，使得饑荒倍加嚴重，餓死約一百五十萬人。約一百萬饑民就是從這高威的港口乘船離開家鄉，駛向北美求生。

單在美國，超過四千萬人擁有愛爾蘭血統，其中包括前總統甘迺迪、雷根、克林頓和福特汽車公司的創辦人亨利・福特。在都柏林的鳳凰公園內，除了愛爾蘭的總統府外，美國駐愛爾蘭大使官邸是唯一能設在此的機構。

結束在高威的參訪，車子漸漸駛離，朝都柏林進發。一路上雖然心裡還籠罩著大饑荒的陰影，但是我相信，悲慘的歷史不會再重演，尤其愛爾蘭正朝工業化邁進，已擺脫貧窮的過往。深深祝福它！

「翡翠島國」愛爾蘭行（三）

期待中，來到愛爾蘭的首府都柏林（Dublin）。它靠近愛爾蘭島東岸的中心點，是最大的城市，也是經濟、文化和金融的中心。由於高科技企業，如谷歌、亞馬遜、臉書、推特和輝瑞等公司聚集於此，遂又有「歐洲矽谷」之稱。

鳳凰公園（Phoenix Park）

遊覽車首先把我們載入佔地一七五〇英畝的鳳凰公園。它原為當時的總督奧蒙德公爵於一六六三年所建，稱為「皇家鹿苑」，其凱爾特語「Finniskk」（意為水清草綠），讀音同英語中的「鳳凰」相似，英國人就稱其為「鳳凰公園」。

一六七一年起，奧蒙德公爵將其改建為公園，成為王者們奢華的享樂場所，直至一七四七年才正式對公眾開放。它是歐洲最大的市內公園，難怪映入眼簾的是一望無際的綠。這廣袤的草地、綠樹成蔭的大道、花朵盛放的花圃與園內的野生梅花鹿群等，讓人讚歎不已，滿心歡喜。

園內有座高大的教皇十字架。一九七九年九月二十九日，教皇約翰保羅二世在此講經佈道，全國約三分之一的人（一百二十五萬）來聽講。這麼多人虔誠地聚集在一起，場面浩大壯觀，相信眾人同聲祈禱，音量必可上達天聽。同年，政府就建此巨大的十字架，以紀念這次重大的宗教活動。

總統府設在園內，屋頂飄揚著愛爾蘭綠白橙三色國旗，綠色象徵天主教徒，橙色代表新教徒，白色代表天主教徒和新教徒間的永久休戰、團結友愛。在二樓有一盞燈，從九〇年代初亮起就沒熄過，那是給離開家鄉的愛爾蘭人回家的導航燈。即使我這外鄉人看到這盞燈都覺得很溫暖，相信在外的愛爾蘭人，得此訊息，內心必定十分感動。

美國駐愛爾蘭大使官邸是唯一能設在該公園內的機構，這份特殊的禮遇，是因美國歷任總統中，有多位是愛爾蘭裔移民，包括杜魯門、甘迺迪、尼克森、卡特、雷根與克林頓等。

教皇十字架

聖三一學院（Trinity College）

創建於一五九二年，是愛爾蘭最古老的大學，被福布斯雜誌譽為世界最美麗的校園之一，有著典雅的古風。它的圖書館為愛爾蘭與英國法定存放圖書館之一，除了在愛爾蘭出版的書籍外，可要求出版商提供在英國出版的書籍予以收藏。得益於此，藏書超過六百萬冊，數量驚人。

大學圖書館共分六處，但最享盛名的是興建於一七一二年，前幾年剛度過三百歲生日的老圖書館（The Old Library）。由於它原先的閱覽室不敷使用，在一八六〇年興建第二層圓拱型木頂長閱覽室（The Long Room）。

每天從世界各地湧來瞻仰的人甚多，圖書館外排起了長龍。即使天公不作美，下起了雨，我們亦心甘情願地淋著細雨排隊等候，約一個小時方輪到進入。

這的確是名副其實的Long Room，十分狹長，《哈利波特》第一集中魔法學校裡古老神祕的圖書館就是在這裡取景的。兩邊是名人雕像，雕像後一排排頂天立地的書架，排滿了密密麻麻的書。在浩瀚的書海中，感覺自己所讀是那麼的渺小淺薄，慚惶之感油然而生。

看到愛爾蘭國寶《凱爾經》（Book of Kells）及一些稀世珍本著作，好興奮。泥金裝飾手抄本的凱爾經書，是修道士用天然顏料手工繪製在牛皮紙上，大約在西元八〇〇年完成。這部拉丁語經書由新約四福音書組成，有著華麗裝飾文字，每篇短文開頭還有一幅插圖，總共有兩千幅，色彩鮮豔，給頁面增添了活力。它分為四本經書，館內只展示兩本，一本文字，一本插畫，每天只展示其中的兩頁，甚為珍貴。

長閱覽室

聖派翠克大教堂（St. Patrick's Cathedral）

最早起建於五世紀，相傳是把天主教傳播到愛爾蘭的聖徒聖派翠克，在此處一古井邊給兩位新皈依的教徒受洗。為紀念此事，人們在此建了一座木造教堂，後來一直持續將此採用歌德式設計風格的教堂從十二世紀修至十四世紀末。

它是都柏林兩座愛爾蘭聖公會教堂之一，被視為愛爾蘭的國家大教堂，統轄愛爾蘭國教會底下的十二個教區，另一座則是主教座堂。今日的教堂則是在十九世紀末改建的，西側的鐘塔收藏著愛爾蘭最大的鐘。教堂內除了有早期凱爾特人的墓碑外，在建國歷史中的重要人物，包括愛爾蘭共和國的第一任總統，都葬於此，其在愛爾蘭的地位很像是英國的西敏寺。

聖派翠克於西元四六一年三月十七日逝世，為紀念他，將此日訂為聖派翠克節，服裝、食品、玩具等都帶上綠色，這一天也成為愛爾蘭的國慶日。除了在教堂舉行盛大的慶典外，還在公園舉行歌舞表演，盛裝的少女在風笛的伴奏下跳傳統的土風舞。許多散居世界各地的愛爾蘭裔人，也紛紛在這天穿上綠色衣服，與朋友相約在酒館喝啤酒大肆慶祝。

文學成就

愛爾蘭文化歷史悠久，文學成就尤其突出，有好幾位獲得諾貝爾文學獎。

蕭伯納（George Bernard Shaw），戲劇家，一九二五年其作品《聖女貞德》具有理想主義與人道主義而獲得諾貝爾文學獎。他因所寫的《賣花女》被改編成電影《窈窕淑女》而家喻戶曉，尤其是由清純的奧黛麗赫本主演，更是吸引了無數影迷。

這次旅行團裡，我們女作協的文友來了十位，施叔青老師提議，既然來到這兒，請導遊額外帶我們到蕭伯納生前故居瞻仰。由於臨時起意，沒事先安排，到達時門已關，大家只能紛紛在門外照相留念。

詹姆斯喬伊斯（James Joyce），曾寫意識流鉅作《尤利西斯》，反應了人物內心的苦悶與寂寞，還有短篇小說集《都柏林人》等，被稱為「意識流文學之父」，他的風格影響了二十世紀愛爾蘭文學的發展。

喬納森斯威夫特（Jonathan Swift），最為我們熟悉的作品是《格列佛遊記》。這是一篇遊記體諷刺小說，描寫十八世紀前半期英國統治階級的腐敗與罪惡。他的作品中不乏反映普通人生活的艱辛與困苦，他放棄了長期統治英國文學界的古典主義文學的標準，進行現實主義創作，從而提升了他作品的文學價值。

奧斯卡王爾德（Oscar Wilde），作品以詞藻華麗、立意新穎和觀點鮮明著稱。他的小說《道林·格雷的畫像》與散文《社會主義下人的靈魂》都十分成功，但贏得名聲的卻是戲劇作品，《少奶奶的扇子》（Lady Windermere's Fan）、《莎樂美》（Salome）、《帕都瓦公爵夫人》（The Duchess of Padua）、《無足輕重的女人》（A Woman of No Importance）等。風光時，倫敦舞台上曾同時上演他的三部作品。

記得大學時，我們外文系還演出過《少奶奶的扇子》英語劇，頗受好評。惠芹將角色發揮得淋漓盡致，贏得滿堂彩。「台上一分鐘，台下十年功」，對這些絲毫沒有十年功的班上同學，竟能順暢成功地演出，還是用英語，讓我好生佩服。

塞繆爾貝克特（Samuel Beckett），極厭惡傳統的現實主義手法，作品深受意識流文學的影響，喜歡用一些生活碎片來載負哲學思想。他的小說在結構上獨樹一幟，較晦澀難懂，後轉寫戲劇，成為荒誕派戲劇的創始人之一，《等待果陀》是他的代表作。一九六九年，他因「以一種新的小說與戲劇的形式，以崇高的藝術表現人類的苦惱」而獲得諾貝爾文學獎。

威廉勃特勒葉慈（William Butler Yeats），詩人、劇作家。以其高度藝術化且洋溢著靈感的詩作表達了整個民族的靈魂，於一九二三年獲得諾貝爾文學獎。一生都對神祕主義和唯靈論有濃厚的興趣，在他的名詩《麗達與天鵝》中將神祕主義體現得尤為明顯。還有一首詩《當你老了》文字十分優美。大陸歌手趙照，對照此詩寫的同名歌，由他作曲演唱，亦曾由莫文蔚在春晚上表演過，掀起了此歌流行的風潮。

謝默斯希尼（Séamus Heaney），不僅是詩人，還是詩學專家。曾把古英語史詩《貝奧武夫》（Beowulf）譯成現代英語，轟動一時。一九六六年，以詩集《一位自然主義者之死》一舉成名。詩作純樸自然，以田園詩見長。一九九五年，由於其作品洋溢著抒情之美，包容著深邃的倫理，揭示出日常生活和現實歷史的奇蹟，獲得諾貝爾文學獎。

吉尼斯啤酒

一七五九年，阿瑟吉尼斯（Arthur Guinness）在都柏林建了St.James's Gate Brewery 啤酒

廠，生產泡沫豐富、口味醇厚、色澤暗黑的啤酒，它是由大麥、啤酒花、水和酵母釀造而成，日後吉尼斯黑啤酒成了世界第一大黑啤酒品牌。

在酒館裡，人人一杯「吉尼斯」在手，海闊天空地閒聊中，常有什麼是世界最快的，什麼是世界最大的……話題與爭執。英國吉尼斯啤酒公司的執行董事休比佛爵士（Sir Hugh Beaver）有了出版這種記錄「世界之最」書的念頭。一九五五年八月完成了第一本《吉尼斯世界紀錄大全》，立登英國暢銷書榜首，名聲不脛而走，遠超出了吉尼斯黑啤酒。

這啤酒廠是都柏林最著名的標誌性景點之一，大雨滂沱中，遊覽車一駛而過，沒停下來參觀，好在於餐館中，我們皆已品嘗過世界馳名的吉尼斯啤酒，的確是齒頰留芳，飲後令人回味不已。

愛爾蘭踢踏舞（Irish Step Dancing）

以繁複細緻的腳步動作與愛爾蘭民族音樂為主要特色。自一九九四年「大河之舞」在歐洲歌唱比賽中場表演後，這種快速腳步動作與挺直上半身的舞蹈，氣勢磅礡，迅速風靡全球。舞王麥克佛萊利（Michael Flatley）平均一秒鐘可踢三十五下，這功力令人驚嘆，至今無人能及。

舞蹈內容除了愛爾蘭的踢踏舞，還融合了西班牙的佛朗明哥、俄羅斯芭蕾舞及紐約風格的爵士踢踏舞。它分軟鞋舞與硬鞋舞兩種，前者著重在輕盈的肢體與飛彈跳躍的雙腳，後者則著重在身體節奏與聲音律動的展現。

雖然行程裡並沒有包括觀賞此舞蹈，但是這麼有名的愛爾蘭國寶，還是於此略作介紹。相信很多人都已在視頻上觀賞過。

美食

西班牙有海鮮飯，意大利有意大利麵，法國有食用蝸牛，美國有漢堡，愛爾蘭有什麼？似乎沒什麼出名的。如今他們努力發掘傳統美食，燉鹹肉土豆、鬆軟的麵包卷、炸鰻魚、蟹鉗、焗生蠔、海鮮濃湯等，當然最擅長用馬鈴薯做出多種樣式的菜——青蔥馬鈴薯泥、馬鈴薯捲心菜泥、馬鈴薯煎餅……不一而足。

四天的愛爾蘭行程雖短，但收穫頗豐。從初次踏上，就深深愛上了它，如今只要一回想起，那一大片又一大片的翡翠綠就在眼前晃動。若有機會，希望下次重臨此地時能來個深度遊。

漢俳詩——英國與愛爾蘭行

二〇一七年四月下旬，參加了英國與愛爾蘭旅遊，英國全名是大不列顛及北愛爾蘭聯合王國，由大不列顛島上的英格蘭、威爾士和蘇格蘭、愛爾蘭島東北部的北愛爾蘭以及一系列附屬島嶼共同組成。此行有朱琦老師隨團講解，他十分認真，行前發給我們他整理好的許多資料與圖片，也附上與此行有關的影片，要我們先讀、先看，好有助於我們親臨景點時，對當地的歷史、地理與文化多所了解。這真是一趟極為豐富的知性與感性之旅！獲益良多。

回來後我整理好照片，先將其中四張寫上簡短的漢俳詩，以為留念。

巨石陣

巨石陣（Stonehenge）位於倫敦西南一百二十公里處的Amesbury，一九八六年被聯合國教科文組織列為世界文化遺產。約於公元前二五〇〇至公元前二〇〇〇年之間石器時代晚期建成的。迄今為止，沒人確切知道建造它的目地為何，有的科學家認為圓形石林是部落或宗教組織舉行儀式的地方；有的專家認為是觀察天文的地方；而考古學家則認為它是悼念亡靈的紀念物，因它周圍分佈了數以百計的古代墓葬。

這天雲層低厚，加上淒風苦雨，增添了不少悼念的氣氛。我們帶來的衣服不夠暖，瑟縮中，圍著孤獨屹立數千年的石陣，繞行一圈，默默向亡靈致哀。就這麼一會兒，突然烏雲移開，露出了藍天，略添暖意，心中大喜，許是亡靈疼惜？

〈巨石陣〉
千年似一剎
如如不動未曾乏
互立蒼穹下

古堡

英國給人印象深刻的就是無處不在的城堡。古時曾經戰亂不斷，修建城堡作為防禦，遍佈全國。如今它們不再是戰爭中的壁壘，已演變成英國的一種象徵。有的城市就從城堡發展起來，譬如溫莎，豪華氣派，有的卻是粗礪古樸，就都這麼一一矗立著，訴說它過往不盡的輝煌與滄桑。

〈滄桑〉
荒野古城堡
斑駁歲月任憑弔
天荒情未老

哈羅德百貨公司

倫敦的Harrods百貨公司是多迪父親開的，在地下樓層專設一處，掛黛妃與多迪照片，下方的玻璃櫃裡，內襯黑絲絨，展出他倆的訂婚鑽戒。英國人很寵愛黛妃，依舊十分懷念那場世紀婚禮。對她與多迪的交往，有人贊成，有人惋惜。對長眠地下的黛妃來說，不管是查爾斯，還是多迪，這一切的一切，俱往矣……

〈黛妃〉

依稀靦腆樣

世紀婚禮夢一場

愛恨俱成往

油菜花田

愛爾蘭雨水充沛，綠意盎然，那份青嫩的翠綠似掐得出水來。車過平疇綠野，不時見到一大片又一大片的油菜花田，好美！趕緊拿起相機隔著玻璃窗搶拍。原擔心車速會影響攝影效果，過後查看，還好看得清。

<油菜花田>

藍天映嫩黃
花開燦爛蜜蜂忙
英倫春蕩漾

北美洲　美國

波特蘭一瞥——美麗的海岸線與玫瑰花園

二〇一五年六月初赴西雅圖看小兒子，利用那個週末，兒子開車，載我們去奧勒岡州波特蘭市一遊。約開了三個半小時，於上午十點抵達。略事休息後，即朝一〇一號高速公路上的海岸景點進發。

沿途風光明媚，綠意盎然，與我們所居的沙漠景觀大為不同，好舒心愜意。在旅人眼中，波特蘭得天獨厚，要山有山、要水有水、要海有海、要礁石有礁石，還是個無需付銷售稅的城市，加上名列受大眾歡迎城市的前茅，真是令人羨慕！

久仰這條一〇一號高速公路的盛名，它覆蓋了奧勒岡州全部的海岸線，一邊是浩瀚的太平洋，一邊是峻峭的山脈，美景綿延不絕。這次有幸行駛於上，夙願終於得償。

一個半鐘頭後到達第一站——Seaside。這小城人口約有六千五百，面積四・一四平方英里，是個繁忙的觀光小城，路兩邊旅館、商店林立。海灘入口處有一銅雕，那是紀念Capt. Lewis與Clark在一八〇五－一八〇六年向西部開拓，從密蘇里州跋涉兩千多英里終於抵達太平洋岸而鑄。我們在沙灘上隨意走走，拍照留念後，即趕往下一站——Cannon Beach。

Cannon Beach有許多的藝術品商店和畫廊，還有多場劇場演出、藝術展覽和音樂會，是個充滿藝術氛圍的小鎮。人口雖僅一千六百人，但每年來此的遊客卻多達四十萬人。

海灘有四英里長，沙子很細，且鬆鬆軟軟的，踩起來很舒服。許多人在這寬廣的沙灘上或躺或坐，聊天、曬太陽、野餐、游泳、放風箏、擲飛盤等，享受初夏的陽光與海天一色的遼闊美景，也有人撐起帆布架，畫這裡的地標——草垛岩（Haystack Rock）。

約一千多萬年前，火山噴發的岩漿遇到太平洋冰冷的海水，冷卻後形成這火山岩。它有二百三十五英尺高，是世界第三大近海灘巨石，也是第三高的潮間帶結構。與尼加拉大瀑布、科羅拉多大峽谷、黃石公園等並稱為美國十大最震撼的景觀之一。由於它位於淺潮帶，可以無懼地走近它，在它腳下嬉戲，並觀看附著於上的海洋生物與在上築巢的海鳥。難怪《國家地理雜誌》於二〇一三年六月將Cannon Beach列為「世界上一百個最美麗的地方之一」。

拿起相機拍攝這有個好聽名字的草垛岩，鏡頭裡恰巧出現了一對情侶，正忘情地甜蜜緊擁，與背後巍然不動的冷漠礁石，形成了動與靜、熱與冷的強烈對比。海風陣陣，將瀰漫的水汽吹散開來，給人種迷濛的朦朧美，草垛岩被冠以波特蘭地標的美名，實當之無愧。

我們離此，到達下一個海岸景點——Neahkahnie Mountain Wayfinding Point。哇！我發出讚嘆，修長呈L型的蔚藍海岸，以白色的浪花鑲邊，好美！那藍白二色十分「希臘」。遠處的山也抵擋不住海的魅力，一路傾心似地斜入海裡。這景色只宜天上有，與剛剛才被我讚美過的地標相較，坦白說，雖各有特色，我還是喜歡這裡的景致多些。

車續往前，彎進Nehalem Bay釣螃蟹處，已有人端坐長堤上垂釣，這季節有螃蟹嗎？我以為秋天才有，也許是不同品種吧？這裡的景色與前幾處截然不同，卻依然教我流連。雖然還不到黃昏時分，季節也不對，但腦海裡已映出「落霞與孤鶩齊飛，秋水共長天一色」的詩意畫面。

來到Tillamook Cheese Factory，它是世界上最大的乳酪製造廠，每天生產十六萬七千磅的起士，提供三十多款的冰淇淋。他們的市場策略非常成功，工廠內設有免費試吃起士攤檔，可從觀景台上透過玻璃看工人如何製造起士，更有多元設置立體地介紹生產起士的流程和工廠的百年歷史，吸引了上百萬的遊客來參觀。

百年前，好幾間小型的乳類製品單位，為統一各農莊的水準，成立了Tillamook County Creamery Association，現在此聯會已發展到超過百個農莊共同擁有。採用的原料都是來自郡裡的各個農莊，採用的食譜亦是百年前沿用至今。

我們把該廠走了一遍，大致暸解後，就排隊買了冰淇淋坐下來，邊休憩邊大快朵頤，真是好吃！我選的是有乾果核的，看兒子選的是莓果的，顏色很漂亮，忍不住多盯了兩眼，看我這饞相，兒子趕緊讓我嚐兩口。沒敢再多買來吃，實在是過一會兒就到用晚餐的時間了。

波特蘭氣候溫和，極適合種植玫瑰，有玫瑰之城（City of Roses）美稱，於是第二天我們就去參訪國際玫瑰試育花園（International Rose Test Gardens）。這花園位於華盛頓公園內，佔地四・五畝，始建於一九一七年，擁有約五百五十品種，近一萬株植栽。花季從四月到十月，六月是盛放的頂峰，我們可來對了，巧逢欣賞玫瑰的最佳時期。

新玫瑰花培育品種，從世界各地持續被送來這裡測試、培育不同的顏色、芬芳香味、疾病抵抗和其他屬性。許多國際知名的玫瑰育種家，都以自己的品種能在此園栽植為榮。

這裡也是國際玫瑰的評選地。被評選出的冠軍，如星光大道一樣，用銅牌鑲嵌在地上以作紀念。園內於一九一九年特闢「Gold Medal Rose Garden」，專給得金牌獎的玫瑰栽種於此。這塊園地還建有噴泉與涼亭陪襯，玫瑰有知，當體會得出這份殊榮。

園內有一女士彈豎琴，並擺放ＣＤ碟賣，給花團錦簇的玫瑰園增添了一份典雅氣息。漫步於嬌豔欲滴的花海中，欣賞顏色與姿態各異的玫瑰，此情此景，那首耳熟能詳的經典歌曲「玫瑰玫瑰最嬌美，玫瑰玫瑰最艷麗，長夏開在枝頭上，玫瑰玫瑰我愛你。」油然自心底升起。

波特蘭實在是個可愛又美麗的城市，惜此次僅能安排於週末作匆匆短暫遊，還有許多值得參觀之處未能到訪，就留待下回彌補吧！

印象西雅圖

二〇一五年三月底，小兒子才搬去西雅圖，就巧逢阿拉斯加航空公司先行推出，將於半年後的九月開闢從我們新墨西哥州阿布奎基市（Albuquerque）直飛西雅圖的首航特價廣告。我們這小城，幾乎飛哪兒都需要轉機，頗費時不便。這直航消息不啻是天降福音，讓我雀躍不已，立即上網預購機票。

曾因「西雅圖夜未眠」這部電影，對西雅圖上了心，其劇中的浪漫情懷多年來仍不時縈繞心頭，加上小兒子現住在那裡，對它更是另眼相看。九月下旬，先生與我終於踏上了這令我嚮往已久的城市。

步出機場，即見陰霾的天，習慣於常年見我們沙漠地區乾旱亮麗的天空，一見陰天，就生出份期盼它帶來雨的欣喜。不愧號稱雨城，當晚，即下起雨來。我好興奮，捨不得睡，不是「西雅圖夜未眠」嗎？聽淅瀝的雨輕輕滴落，溫柔地敲打著地面，滋潤著這個城市，那麼就「一任階前點滴到天明」吧。

知父莫若子，次晨兒子沒將車開往名勝地區，而是帶來自山城的我們去北邊Edmonds看海。天晴了，碧藍如洗的天空，連綿如絮的白雲，斜彎入海的長堤，如詩如畫，讓人心曠神怡。看完這裡的海，又繼續前行，去看另一處的海。在先生眼中，海看似單調，蘊含的變化卻是萬千，令他百看不厭。

中央圖書館

隔天，進城，來到市中心的西雅圖中央圖書館。這是一幢由十一層樓（五十六公尺高）的玻璃和鋼鐵組成的解構主義建築。表皮是雙層玻璃內夾鋼板網，它可以調節室內的氣溫及柔和室外的光線。內表皮則用金屬網，產生一種朦朧美，起到劃分功能與遮擋視線的作用。由荷蘭建築師Rem Koolhaas和美國設計師Joshua Ramus設計，波特蘭的Hoffman建築公司為總承包商。

佔地三萬四千平方公尺，從下至上的樓層空間為停車場、兒童閱覽、倉庫、城市起居室、採編、混合交合區、螺旋書庫、閱覽區及辦公總部。閱覽區單獨地懸掛在建築的上部，下面的開敞空間是提供演出、交流、文化活動等，將公眾功能發揮至極致。我邊在樓層間穿梭，看不同空間相互穿插，不同色彩交相呈現，給讀者提供了新奇的體驗，邊羨慕正在那兒坐擁書城的民眾。啊，他們真是幸福！

容納約一百四十五萬冊書籍和其他資料，有四百台電腦開放給民眾使用。二〇〇四年開放時，第一年使用率就超過二百萬人。這個造價接近兩億美金的經典建築，結構抽象、造型奇特、風格新穎，被美國建築師協會評選為美國一百五十座最受喜愛的建築之一，也將西雅圖推向了國際建築舞台。

參觀完豐富精神糧食的圖書館，接著我們到能真實果腹的農夫市場。它始建於一九〇七年，因裡面有家派克魚市（Pike Place Fish Co.）表演扔魚而出名。當客人買了魚鮮時，店員們齊聲吆喝你買的東西，然後一個店員拿著它扔向櫃檯稱重。這過程最具觀賞性的就是三文魚，因為個頭大，距櫃檯最遠，扔起來跨度與力度最大。吸引了許多遊客駐足拍照，造成了這家店的興旺人氣。

在市場入口處有一隻金色等身大的銅豬「Rachel」，已待在這兒三十多年了，是當初募集派克市場整建經費的基金會所留下來的紀念物。瞧它憨態可掬，堪稱市場的吉祥物。遊客們都喜歡摸摸它並與之合照，期待能給自己帶來財源滾滾的好運。

市場內二百多家商店，除了生鮮蔬果，各地風俗的手工藝品外，還賣色彩繽紛的花束，給俗鬧的市場添了份芳香秀雅。一捧捧的大麗花，朝氣蓬勃地挺立著，極為醒目，原來它是西雅圖的市花！

充滿異國情調及本國風味的餐廳與咖啡店亦沿街林立，其中最負盛名的就是星巴克。它是一九七一年於此成立的第一家店，門口經常有觀光客排隊進入買咖啡、咖啡豆或是紀念杯，杯上面都會印上世界第一家星巴克的標誌。

派克市場還有一個特殊景點，就是口香糖牆。把口香糖黏在牆上的行為始於一九九三年，有一家名為「Unexpected Productions」的表演團在這裡的小型影院作一場喜劇表演，人們在排隊買票入場時，就將口裡的口香糖黏在牆上，以後多人仿效，越積越多，市場管理處派人清不勝清，於是決定隨它去。時間久了，就形成一道在旅遊網站Trip Advisor上評為世界最髒景點排名第二的風景線。

我很喜歡派克市場，雖然它沒有華麗堂皇的外表，卻是一個能鮮活體現淳樸百姓尋常生活的地方。

次年六月，我們再度造訪西雅圖，來到它的地標之一太空針塔（Space Needle）。它之於西雅圖，就好比是艾菲爾鐵塔之於巴黎，一〇一之於台北。有人說，沒來過太空針塔，就不能說你來過西雅圖，所以上次沒來成，這次我們非得上塔去看看，體驗一下。

這塔是為一九六二年在西雅圖舉行的世界博覽會所興建，位於佔地四十萬平方公尺的西雅圖中心。塔高一百八十四公尺，坐似金色小龜甲蟲的高速電梯上去，僅四十三秒即可抵達觀景台。在瞭望台和旋轉餐廳可俯看西雅圖三百六十度的全景。市容及環繞其間的雷尼爾山（Mt. Rainier）、奧林匹克國家公園（Olympic National Park）與普吉灣（Puget Sound）盡收眼底。

雖然從遠拍的圖片上，甚至親臨現場從地面上抬頭仰望，都覺得太空針塔一柱擎天似的很壯觀，可是到了觀景台，也許因為它不高，感覺上不很雄偉，心裡有點小小的失落，尤其住多倫多時曾參觀過塔高五百五十三・三三公尺的加拿大國家塔（CN Tower），難免有「登泰山而小天下」之憾。一九七五－二〇〇七年間，CN Tower 是世界最高的獨立建築物。如今世界第一高樓與人工構造物則為高度八百二十八公尺的杜拜哈里發塔。

離開太空針塔，前往華盛頓大學途中，看到路邊一家名為「The 5 Point Café」的店，在玻璃窗上有句簡短醒目的廣告語「我們欺騙遊客和酒鬼自一九二九年以來（We cheat tourists -n- drunks since 1929）」，有意思，趕緊拍照留念。坐在店外享受美酒、美食與初夏微醺陽光與嬌慵和風下的客人也一併入了鏡。

對西雅圖華盛頓大學素所景仰，它建於一八六一年，是美國西岸最古老的大學，也是西北部最大的大學。世界大學學術排名美國第六位，全球第八位。校友和教授中產生過十一位諾貝爾獎得主和十二位普利茲獎得主。由於它頂尖的學術地位與國際聲譽，又位於美國最適宜居住和工作的城市西雅圖，因此備受國際學生的青睞。知名的華人校友有鄧傳楷、李小龍、沈富雄、楊德昌、陳芳明、曾憲政、吳大維……等。

踏進校園，映入眼簾的是高高矗立著的美國第一任總統喬治華盛頓的雕像。走過鋪滿紅磚的中央廣場，當地學生又稱之為紅場（Red Square），就正對著典型歌德式建築的蘇沙洛圖書館（Suzzallo Liabrary）。從外觀看，眾多拱門鑲嵌人物雕塑，門柱與窗框上都雕有複雜的花紋。隨著彎旋的樓梯，一步入二樓閱覽室，竟吃了一驚，好像闖進了哈利波特的魔法學院。彩繪的玻璃窗，在夕陽餘輝的映照下，好美，柔化璀璨了莊嚴肅穆的大樓。

沿著廣場左邊走下去，即看到一座圓形的噴泉（Drumheller Fountain），四周花圃裡，五顏六色的玫瑰花正盛放著，可不能亂摘，摘一朵要罰兩百美金呢。這盈盈一池噴泉，活化了周遭沉寂靜穆的古老建築，有什麼比動與靜，將過去與現在連結的畫面更教人心動?!

走回廣場，續朝右邊下去，來到The Quad。久聞四月初櫻花綻放時，淡粉色點綴著如茵草地的校園，美不勝收，讓人心神俱醉。美國媒體將它評選為全美十大美輪美奐校園廣場之一。可惜現在季節不對，櫻花早已謝了，只留下滿樹的濃綠，提供學子們在樹蔭下三三兩兩聚坐，或探討學術論點，或海闊天空閒聊編織未來美夢。轉身離開前，對洋溢著青春氣息的他們送上我滿心的祝福！

兒子送我們去機場，一路上，我念念不捨專注地注視車窗外的風景，發現路兩旁好多挺拔高聳的松樹，姿態優美，一層層松枝往上翹起，像極了一波波翻起的舞裙，露出一截截疏密有致的綠襯邊，加上多雨，草坪與園林都綠油油的，難怪西雅圖官方別名「翡翠之城」（The Emerald City）與「常綠之城」（Evergreen City）。

認識一個城市，去個一、兩次只得個約略印象。下回去時，我要待久一點兒，不當自己是觀光客，如同歸人般地穿街走巷。

聖地牙哥紀行

聖地牙哥作協每個月舉辦座談會，特容許我這外地會員一年去一次即可。二〇一四年曾前往參加詩人瘂弦的蒞會演講，今年他們已研討過俄國作家普希金與其解體前後二十年的主要作家，還有賈平凹的新作《帶燈》。七月接獲會長朱立立（荊棘）來函邀請同為外地會員的張棠與我於八月十七日前往講座，她要我們分享寫作緣起與經驗。亦盛邀資深作家——來自加拿大的劉慧琴，洛杉磯的蓬丹與伊犁與會，她們都是海外華文女作協的會員。

巧逢聖地牙哥《華人》雜誌發行人馬平於十六日主辦一場紗巾演示會，她寄來廣告簡介，誠邀我們幾位一起參加。於是，十六日凌晨，先生與我天尚未亮即出門，開始十三個半小時的駕車長征，好趕上當晚六點半的表演餐會。

紗巾演示會

這是由被譽為「紗巾皇后」的上海衣飾藝術家胥佩娜演示。她會三百八十種紗巾繫法，曾獲吉尼斯世界紀錄。

一個小時的表演裡，只見紗巾在她指尖翻飛下，成了頸飾、頭飾、肩飾、腰飾等，變化萬千，令人目不暇給。她擅用身邊的小飾件，一枚別針、一條橡皮筋、一個髮箍、或是戒指與頂針圈都成了她紗巾的絕佳搭配。看她把長紗巾對折後，將其從髮箍的鏤空處拉出，就成了一朵玫瑰。將長方形的紗巾折成條狀，從佩戴在頸上的項鍊中穿過，然後將紗巾撥開，下端緊繫於腰間，就成了一件小吊帶裝。用小紗巾捲成一朵玫瑰花，再用別針別上兩片假葉，就成了別緻的胸花。

她說一般我們不可能買成百上千的衣服來裝扮自己，常為出席重要場合穿什麼而煩惱，其實只要我們學著做朵胸花，繫條紗巾，哪怕是一件樸素的衣服，也能起到點睛之效果，甚至成了時尚的穿搭。

年過七十的她，絲毫不見老態。身手靈活，邊說話，邊突然來個一字馬坐下。唯恐她一不小心閃了腰折了骨，她卻毫不在意，輕鬆從容地起身。眾人驚呼之餘，報以熱烈的掌聲。胥女士熱心可感，次日即將趕搭飛機離開，百忙中還應邀來演示並分享她的生活理念與感悟，全場觀眾皆被她的智慧與技藝征服。馬平上台，向她深表謝意並致上獎框以資紀念。

科羅納多海灘（Coronado Beach）

第二天，在立立處享用完可口的早餐後，她就帶我們一夥人去科羅納多海灘，感受一下聖地牙哥的美。

車駛過呈弧形的科羅納多跨海大橋（Coronado Bridge），到對岸的科羅納多島（Coronado Island）。此橋始建於一九六七年，長一萬一千一百八十三英尺，頗為雄偉壯觀。行駛在上，來到橋面高度上升後的一個八十度大彎處，從車窗望出，灣區美景一覽無遺。

Coronado，西班牙語意為「加冕者」，這島因此被稱為「加冕之都」（The Crown City）。

還好是星期一，遊客不多，我們在路邊很容易停好了車。若是假日，這車位可是一位難求。

海灘長達兩英里，一望無際，加上藍天白雲，令人頓感心胸開闊。腳下的細沙閃閃發亮，原來含有雲母成分。我們邊走邊聊，輕踏著沙，加上微風拂面，心情暢快無比。頗具文采的蓬丹形容這次的海灘遊是「踏沙迎風、比肩交心」。多麼貼切！它成為我們日後描述此遊的經典用語。

立立提議到科羅納多大酒店（The Hotel Del Coronado）參觀。這座始建於一八八八年全木質結構的海邊度假酒店，已成為地標性建築，是遊客必訪之處。外觀是座龐大的五層樓建築群，襯以磚紅色屋頂，令人一見難忘。裡面更是古色古香，高貴典雅。當年酒店建成時，是世界上除紐約外，最大的完全用電力照明的建築，由愛迪生親自監督並完成安裝。

酒店外，遠處是海天一色，近處是迎風搖曳的棕櫚樹。草坪上，擺滿白色餐桌椅，邊上還豎起一座座白色遮陽傘，給遊客們增添了度假風情。

難怪它會吸引了許多名流下榻於此，其中有總統、富商、明星等。最有名的就是英國國王愛德華八世，他就是在此初遇辛普森夫人，兩人間逐漸發展出戀情。為了迎娶她，決定退位，成為溫莎公爵。不愛江山愛美人的故事被人永世稱頌，成為二十世紀的羅曼史（The Romance of the 20th Century）。

瑪麗蓮夢露也以此酒店為背景，一九五九年拍了部喜劇片「熱情如火」（Some Like It Hot）。在史上百部最好笑電影中，該片排名被美國電影學院評為第一。

注視走廊牆上掛的老照片，當年的風雲人物，愛德華八世、辛普森夫人、瑪麗蓮夢露……如今安在？繁華如夢，照片上的光澤已泛黃，框內人物曾有過的輝煌，俱於歲月不經意地流轉間，成了歷史！心中不甚唏嘘。

座談會

講座於晚上七點開始。一九五六年老舍訪印度時，任其翻譯的劉慧琴大姐今晚自願來分享，讓我們好興奮，於是尊請她先開講。

她談及回顧海外華人歷年來的寫作，由「留學生文學」表達沉重的鄉愁與僑居的艱困，到適應了異鄉生活呈現出「落地生根」的形象，更進而於故土、僑居地間可自由來去，成就了「異鄉就是家鄉」的新視野寫作角度。把「第二故鄉」的異族感情融入了固有的家國情懷裡，而在注入新有的內涵時，同時也增進了華文文學在世界文明發展中的地位。

她還介紹了《華章》刊物。它是由加拿大華人文學學會主辦，痘弦主編，於二〇一二年十二月二十八日發行創刊。

我曾看過痘弦老師為創刊寫的一篇文章「為世界華文文學添磚加瓦——掀起華章的《蓋頭》」。文中提到：據統計，現今全球有四分之一的人使用華文，如果把全球華文文壇加在一起，我們就有足夠條件為世界華文文學描繪一幅新的藍圖，集納百川，融合萬滙，把華文文壇建成世界最大的文壇。不管多麼大的文學目標都要從本土與在地的基礎上做起，於是有了《華章》的創刊。它將與世界各地的華文文壇隔洋相呼，隔空相應，攜手共建華文文學的巨廈。結尾一句「美哉，淵乎，大風起兮：陽春召我以煙景，大塊假我以文章！」多麼地磅礴大氣！

接下來輪到我，實因立立會長之命難違，只好不揣淺陋，平實地來分享寫作，向在座諸位資深前輩請教。我將內容定調為——起、承、轉、合。分兩部分：一是我寫作人生的起承轉合四個境界，另一是文章結構的起承轉合與寫作經驗。

寫作人生：

起：寫作緣起。源於念中學時，教我國文的老師講解生動，引起了我對國文的興趣，加上作文屢獲老師稱讚，對國文益發喜愛。唸大一時，因思念從小與姊姊、我一起穿過台南公園上小學的蔣芸，就寫了篇〈重逢何日〉，試投中央日報副刊，竟蒙刊登，從此悄悄編織起作家夢。

承：事件過程，起的「支援」。不管學校功課再忙，一遇見觸動心懷的事，趕緊提筆，將寫作初心維持住。畢業後，工作、成家，在兼顧事業與家庭忙得不可開交之際，仍偶爾擠出時間寫篇文章，那是忙碌生活中的奢侈享受。

轉：轉折。沒想到十六年前，隨先生工作，從多倫多搬來美國新墨西哥州。極不適應下，健康大受影響，於是提起筆，將流竄心中的酸甜苦辣齊宣洩於筆下，疏導歸隱於文學大海，後彙編成書——《我家趙子》、《人生畫卷》與《天地吟》，實現了年輕時的作家夢。

合：事件總和。前面所有的鋪成，就是通向全心致力於寫作的人生路。文章不局限於報章雜誌上發表，而是配上圖片與音樂放在部落格上，與讀者、格友們即時分享互動，觸角因而能伸得更遠，文學天地得以更加廣闊。

文章結構與寫作經驗：

通常我是先有了題材，開始在腦海中醞釀提綱。大致想好文章結構的起、承、轉、合後，就來訂標題。標題很重要，它就像是繫著起承轉合這四根繩子的頂端，無論這四根繩子如何甩盪出去，都要回頭與頂端的標題相呼應。

我以所寫的一篇〈生活〉為例，來分析闡述自己的寫作方式。

學商的張棠則以〈我寫作的前世今生〉為題。談她對寫作的愛好源自於書香世家母系祖先的遺傳，埋下了日後寫作的種子。

她初到洛杉磯沒工作，開始投稿，直到報紙停刊時，她正好也找到了工作，她認為這是上蒼為鼓勵她寫作而創造的奇蹟。曾創辦社區刊物——《千橡雜誌》，負責專欄，至今已三十年。退休後，部落格興起，給了她更寬廣的寫作空間。

在她一生中，不斷地調整腳步，克服初至國外語言文化的鴻溝，突破生活與工作上的重重困難，自比為「難看的毛蟲、醜陋的蛹」，退休後，卻蛻變成了一隻逍遙自在的蝴蝶，在她出版的《蝴蝶之歌》一書中，翩翩高歌。於詩的領域，她跳脫過去自己於《海棠集》裡的寫法，嘗試創新。

結語中，她道出寫作時，如遇知音，則是她最開心的事。

座談會於大家念念不捨中圓滿結束。記得痖弦老師曾稱讚過聖地牙哥作協，會員不多，但小而美。會員間的真情相待，令人溫馨滿懷。一一道別，說聲再見時，我是打心底兒裡期待著「明年見！」

歐姬芙與她的心靈故鄉——幽靈牧場

二〇一三年夏天，朋友一行十人從休士頓來訪，共遊了我們新墨西哥州的幽靈牧場（Ghost Ranch）。它位於州政府所在地聖塔菲（Santa Fe）西北方的阿比丘（Abiquiu）城，距Albuquerque Sunport國際機場約一百三十英里，佔地二萬一千英畝，因畫家喬治亞・歐姬芙（Georgia O'Keeffe）而出名。

歐姬芙生於一八八七年十一月，卒於一九八六年三月，享年九十八歲。她是美國的藝術家，被列為二十世紀的藝術大師之一，以半抽象半寫實的手法聞名。她在寫實中加入抽象的意味，比純寫實更具有美感和詩意。她的畫，無論主題是沙漠、花卉、抽象或動物骨骸，往往只用少數幾種顏色，表現形式簡單，卻深具原創性。她曾說過：「如果畫只是拷貝自然，永遠也不會比自然更美，還有什麼好畫的呢？」

歐姬芙年僅十二歲時就立志將來要當畫家。大學選讀芝加哥藝術學院，一九一二年參加維吉尼亞大學暑期課程時，老師阿隆貝蒙（Alon Bement）介紹當時教育家阿瑟・衛斯理・道（Arthur Wesley Dow）的理念給她，即藝術家應善用線、色彩、面與形來詮釋自己的理解和感覺。強調用眼睛去感覺，而不事先用腦去思考。這課程啟發了她的創作觀，她深受這理念所吸引而開始嘗試將自己的風格融入其中。

一九一五年她將試用炭筆所繪出一系列抽象主題的作品，寄給好友安妮塔・普利茲分享。好友將其拿給二九一畫廊的主人與攝影家阿爾弗雷德・史蒂格利茲（Alfred Stieglitz）。他十分欣賞，未通知歐姬芙即於一九一六年五月將這一系列的作品放在一團體展內展出，評價很好。他成為她的伯樂，又續為她舉辦了兩次個展，將歐姬芙推上畫壇新銳藝術家的寶座。

兩人間逐漸發展出愛情，一九二四年結為連理。這一年她開始畫最著名的花卉系列，大幅的花朵佔據整個畫面，以微妙的曲線和漸層色，組成神祕又具有生命力的構圖。有人說她的花卉作品充滿了性象徵，她說：「那可不是我說的，是他們自己想的。」她又說：「沒人真正仔細看過一朵花，它是如此之小，我們沒有時間，而觀看需要時間。我把它畫得很大，他們就會大吃一驚，花點時間去注視它，我將使忙碌的紐約客花時間好好看看我所看到的花朵。」

歐姬芙美麗、執著、堅定，從不為外界的觀念、潮流所淹沒。臉部線條剛毅，又喜穿黑色衣服，給人種酷酷冷冷的感覺。史蒂格利茲掌鏡，對她身體各部位的審視與拍攝，成為他感受愛、表達愛的一種方式。在暗房裡他拎著濕漉漉的圖片對她說：「我對妳所有的感情都凝結在這個瞬間。」他將拍的許多照片（包括裸體）放在自家畫廊展出。當然這些大膽的照片立即引起了爭議，更加使她聲名大噪。她的容貌、眼神、身體語言就如同她的畫一樣，頗具魅力。

也許是她的聲名凌駕他之上後，給了他壓力，兩人之間摩擦不斷。也許是他花心的本質或是故意氣她，有了外遇，兩人終漸行漸遠，不過始終未離婚。史蒂格利茲曾對歐姬芙語重心長地說過：「我們都成功了，但都各自失去了一部分，這就是生活的諷刺。」

一九二九年歐姬芙受朋友之邀來到聖塔菲與陶斯（Taos）散心，她一眼就愛上了這裡遼闊的高原、沙漠、荒野與峽谷景觀，還撿拾動物骨骸與岩石回紐約作畫。一九三四年再度來到新墨西哥州，無意中發現了幽靈牧場，覺得這裡就是她心靈的故鄉，每年往返於此地與紐約之間。

一九四六年史蒂格利茲過世，她留在紐約處理他的遺產。他的攝影作品幾乎被世人遺忘，是她，耗費精力使其恢復美國現代攝影之父的名聲，他在她心中的份量，未曾因歲月的流逝而淡薄。

一九四九年正式移居新墨西哥州，過著遺世獨立的生活。從幽靈牧場的畫室，可望見窗外雄偉豪邁的大自然景觀。她畫荒野、泥磚屋、動物骨骸搭配山岳。藝術家評論她這是在描繪死亡，其實在她眼中，她只看見形體單純的美，覺得骨骸充滿了生命力，跟死亡哪有什麼關係！畫作中的骨骸空靈純淨，與廣袤天地相襯連，展現出生命的悠長與寧靜。

一九六二年，七十五歲的她眼睛得了黃斑點退化症，視力開始退化，卻還是努力作畫不懈。一九七三年秋，年輕的陶藝家璜・漢彌敦（Juan・Hamilton）到牧場來找工，歐姬芙雇用他幫忙處理家事，很快成為她生活中關係緊密的伴侶。漢彌敦鼓勵她憑觸覺感知製作陶藝，除非倒下，她依舊不停止藝術創作，是一位真正的藝術家！

一九八四年，她遷往聖塔菲，以便得到較好的醫療照顧。一九八六年三月六日，九十八歲的她在聖文森醫院過世，骨灰撒在她生前最愛的皮德農山（Pedernal Mountain）。她視此山為聖山，曾說：「它是我私密的山。屬於我的。上帝告訴我，如果我畫它，畫得夠多，我就能擁有它。」（It's my private mountain. It belongs to me. God told me if I painted it enough, I could have it.）

死後，她的骨灰撒於此，與聖山從此永不分離。

她去世後，被列入美國國家傑出女性榜。在世時，曾獲頒十個榮譽學位，有不少以她為主的相關書籍陸續出版，美國郵政也曾將她所繪的《紅罌粟花》印成郵票。一九九七年紀念她的歐姬芙博物館在聖塔菲成立。

久仰歐姬芙的盛名，她使得樸實無華、聲名無著的新墨西哥州熠熠發光起來。我們懷著「朝聖」之心，於下午兩點多鐘穿過掛有牛頭骨標誌的大門，抵達遊客中心，辦好入住手續，瀏覽禮品店後，就由導遊帶領我們參觀。

遊覽車在荒漠中開著，蔚藍的天空、起伏的山丘，紅色的泥土與東一叢西一叢的曠野植物，展現了無法言喻的遼闊與荒涼之美，難怪歐姬芙會說這裡是她心靈的故鄉，願意在此度過餘生，也頓時明白為什麼有些人見此景觀，會有匍匐在地膜拜的衝動。

遊覽車每至景點停下，導遊就拿出歐姬芙的複製畫，跟背後的景致比對，告訴我們這張畫畫的就是這裡。幾十年過去了，物換星移，可是她筆下的景物卻沒變，那座煙囪石（Chimney Rock）依舊偉岸地矗立著，皮德農山也以睥睨天下之姿屹立在地老天荒的沙漠中，枯枝椏仍然光禿禿地杈開著，沒倒下。不到兩個鐘頭，導覽結束，大家意猶未盡地按原路回到遊客中心。

荒漠高原，夜涼如水，於交誼廳閒聊同樂後，提前就寢。次晨我們早早起身，上山趕看太陽出來照耀山巔那一刻的壯麗景觀。一路上坡，每個角度看到的風景都好美，哪怕是一棵枯樹、一堆亂石。到頂了，太陽光影逐漸移動，當照在煙囪石上時，真是氣象萬千，令人驚嘆。只見這突起的柱石神氣地挺立著，與遠處的皮特農山，朝夕面對面，相看兩不厭。想到終老於此的歐姬芙，她又何嘗不是如此？

離開幽靈牧場前，向長駐於皮德農山歐姬芙的魂靈道聲再見。再度深深凝眸，將此地的山石草木，雄渾與遼闊全收眼底，盡鎖心頭。

與同行夥伴們，互道珍重，他們趕往機場搭機返回休士頓，而我們則不捨離去，將車朝皮德農山下的Abiquiu湖開去。

南美洲　祕魯

祕魯飲饌——美食界的新寵

二〇一二年在印度新德里舉行的世界美食目的地評選中，祕魯竟然拔得頭籌，擊敗頗負盛名的中、法、日、印、澳、意等國。它的脫穎而出，令人眼睛一亮，無可置疑地，祕魯菜成了飲食界的焦點與新寵！

弟弟、弟妹與我們夫婦倆二〇一三年初欣然做了遊祕魯的決定。在弟妹精心籌劃下，十月底成行。十九天的自由行裡，不只尋幽訪勝，欣賞了神奇的大自然景觀，更是踩遍大街小巷，品味了舌尖上的祕魯。

十六世紀西班牙殖民統治時期，祕魯的飲食文化是融合土著印第安人和西班牙人的烹調方式。一八二一年獨立後，逐漸有英、法、德、意等歐洲移民來定居，後又有中、日、非與阿拉伯等國的人移入，生活飲食習慣受到影響，形成了今日豐盛可口且種類繁多的祕魯美食。

其菜餚根據地形區域分為高原、海岸沙漠與叢林三個大系。以利馬（Lima）為代表的沿岸沙漠以海鮮料理出名，以庫斯可（Cusco）為代表的高原地形以馬鈴薯、玉米以及雞羊牛肉的料理出名，以伊基托斯（Iquotos）為代表的亞馬遜叢林區以香蕉、河魚和各種熱帶蔬果料理出名。

當我們來到西瀕太平洋的利馬，沿岸有強大的祕魯寒流經過，在常年盛行南風和東南風的吹拂下，造成沿岸表層海水離岸而去，下層冷水上泛，此現象帶來海底豐盛的營養鹽類，大量繁殖的浮游生物，為魚蝦提供了充足的餌料，使它成為世界四大漁場之一。沿岸城市的海鮮料理因而豐富，其中最具特色的就是塞維切（Ceviche），我們一嚐傾倒不已，在幾個濱海城市，幾乎頓頓吃它。

塞維切（Ceviche）

是將生魚浸入檸檬汁內，用其酸味把生魚的蛋白質變性，除了消毒外並創出類似煮熟的口感。通常是用海鱸（Sea Bass）或比目魚（Flounder）來做。入口鮮腴滑嫩，真是人間美味。將它和煮熟的海鮮拌在一起，再加上生洋蔥和辣椒粉，旁邊放兩片番薯和安地斯山種的白色玉米，就成了色香味俱全的綜合海鮮拼盤。

天竺鼠（Cuy）

久聞其大名，很多人都說值得一試。在Cusco大教堂裡〔耶穌最後的晚餐〕畫中，桌上就有天竺鼠這道菜，可見其重要性。通常在假日或節慶的時候，他們才會吃。我們走訪馬丘皮丘，直登Wayna Picchu後，為犒勞精疲力盡的自己，就在山下小鎮Aguas Calientes點了這道家喻戶曉的美食。點的是烤的，端上來的卻是炸的，想想他們營生不易，就沒計較。皮很酥脆，薄薄的一層肉緊貼著骨頭，味道像雞肉。至於頭當然沒人敢吃，我甚至沒敢瞧。

串燒（Anticuchos）

將各種不同醃肉或牛心，串起來，淋上蒜味醬汁來烤。據說殖民時代，西班牙人把牛排部分吃完，剩下內臟才給祕魯人吃，牛心久而久之在祕魯人中流行起來。有蒜香，沒了腥味，且口感彈性十足。這道美食，不一定在餐館，路邊攤都有得賣，相當大眾化。

炒牛肉（Lomo Saltado）

Lomo是牛腰肉，Saltado是炒，再加上番茄、青椒、洋蔥和薯條一起炒。受早期中國移民的影響，這道菜就像是中餐館的炒牛肉，不過牛腰肉油脂少，咬起來很硬，沒中餐館的好吃。另外，經常看到餐館招牌掛著「Chifa」，原來就是「吃飯」的發音。菜單上還有「Chaufa」，就是炒飯。思念家鄉味時，有幾頓點上香噴噴的它，小小滿足了中國胃。

藜麥湯（Sopa de Quinua）

藜麥被印加人稱為五穀之母，有「印加黃金」之稱。煮時加上蔬菜熬成的湯，十分清香。因不含麩質（Gluten），近年在歐美甚為流行。它能供給人體維持生命最完美的營養價值，美國太空總署指定其為太空食品，聯合國也定今年為國際藜麥年。

雞尾酒（Pisco Sour）

祕魯人常飲Pisco酒，這是以葡萄去皮去核榨汁發酵，然後蒸餾出來。酒精含量高達四○%，用它調上青檸檬、苦艾酒、糖漿，再加蛋白搖出一層泡沫，成了非常好喝的雞尾酒。

印加可樂（Inca Kola）

黃澄澄的顏色，在陽光下亮燦燦，喝進嘴裡甜甜的，有點菠蘿香味，很受歡迎，堪稱國飲。美國的可口可樂競爭不過，只好將它收入旗下，但仍用其原名。

古柯鹼茶（Mate de Coca）

用古柯鹼葉泡的茶。古柯鹼葉有咖啡因般的效果，除了提神、鎮痛，也可降低高山症不適的功用。庫斯可的旅館與餐廳都有供應，隨你喝。在高地裡爬上爬下，累了一整天，一杯熱騰騰的古柯鹼茶在手，好舒服！

祕魯美食融合了世界各地的烹調技術，又突出了本地的傳統特色，創自成一格的混搭風。短短篇章裡，實難將所嚐過的一一道盡，那未曾嚐過的，成了心中的懸念，給了自己日後再重遊的藉口。

利馬的古典與浪漫

退休後，先生與我喜歡四處遊走，雖去過許多地方，卻不曾去過南美洲。二〇一三年初與弟弟、弟妹相約去祕魯——我心中的神祕國度。以前為省事我們一向都是隨團旅遊，這次弟妹堅持讓她嘗試籌劃自由行。十九天行程裡，兩腿走得痠痛，人雖疲累，但覺此行圓滿愉快，十分值得。感謝弟妹詳細周密的安排！

為適應高海拔山區，免得出現擾人的高山症，規劃的行程是逆時鐘而行。從沿海的利馬（Lima）開始，往南走，經海岸城市，漸入普諾（Puno）、庫斯可（Cusco）高海拔地區，最後從庫斯可搭機返回利馬。

於金秋十月成行，位於南半球的祕魯正是大地欣欣向榮的春天。我們約凌晨四點半抵達Jorge Chavez國際機場，待他們夫婦倆從多倫多飛抵出關時，已是陽光燦爛的七點多。一眼瞧見旅行社的司機正高舉寫著弟妹名字的牌子，於是我們緊隨著他，步出這不算大、也不時髦的機場。車行途中，我興奮地望向窗外，市容雜亂落後，彷彿回到五〇年代初期的台灣，不過這樣的景象卻讓我油然生出一份熟悉親切感。

旅程中，因會數度更換不同的交通工具，為方便起見，行李從簡，僅手拉的箱子及背包而已。進了旅館房間，放下簡單的行囊，即奔赴聯合國世界遺產之一的利馬古城區。

一五三一年西班牙人佛朗西斯哥・皮札羅（Francisco Pizzaro）率領遠征軍入侵，一五三三年消滅了曾輝煌一時的印加帝國，祕魯淪為西班牙的殖民地。一五三五年皮札羅捨棄安地斯山脈上的古城庫斯可，建都於濱海的利馬。

沒來前，曾上網查過資料，有人形容利馬滿街都是賊，不由得心生警惕，彼此互相叮嚀小心錢包。當來到繁花似錦、碧草如茵的市政廣場（Plaza de Mayor）時，眼睛一亮，這地方好優美典雅，與出機場時所見景觀完全不同。滿街無一人看來像是賊，遊客們輕鬆悠閒地在拍照，於是心防頓時卸下。

利馬是以市政廣場為中心規劃出來的棋盤狀城市。東邊是金碧輝煌的大教堂（Basilica Catedral Metropolitana de Lima）及大主教宮殿（Palacio Arzobispal）、北邊是肅穆的總統府（Palacio de Gobierno）、西邊是市政廳（Palacio Municipal de Lima）、南邊是杏黃色的商業大樓。許多建築喜用如同太陽般亮澄的黃色，不知是否跟他們自稱是太陽之子有關？

教堂建築外觀是巴洛克式歐洲風味，圖飾雕刻繁複精美。一走進去，兩旁座位間，那條深邃筆直的莊嚴甬道，彷彿就是條通往天堂之路。許多龕間的聖母像，衣飾精緻華麗，那高達三層的聖壇金柱，更給人種仰之彌高的壯觀感覺，華偉氣派令人讚嘆。

古城區的街道上有好多棟具殖民地特色的建築，有條Jiron de la Union被開發成步行街，漫步其中，可觀賞建築之美兼細品幾百年歷史的古典味。

附近還有聖弗朗西斯科修道院（Convento de San Francisco de Lima），因其地下墓窖有一流的圖書館而聞名，內藏有許多古老的經文。墓窖（Catacomb）曾埋葬過約七萬五千人，考古學家將頭骨及股骨排成環狀圖案展示。我們時間不夠，沒進去參觀，在修道院外面廣場，看見好幾個小學生把鴿子趕得滿天飛，趕緊拍照留下他們童稚的歡顏，然後速速趕往總統府前，隔著鐵欄杆看正午的換班儀式。

先是樂隊出場，邊走邊演奏軍樂曲，停下來後還演奏了好多首曲子，接著才是衛兵們出場，開始換班的操槍儀式。在慈湖看過換班儀式，衛兵人數雖沒他們多，但那股雄赳赳、氣昂昂的氣勢與動作卻比他們強。

穿過市政廣場，走向對面街道，在商業建築物的後面即是聖馬丁廣場（Plaza San Martin），大理石的碑座上，是民族英雄聖馬丁將軍騎馬英姿的銅像。這是紀念他於一八二一年領導祕魯脫離西班牙的統治，他亦因此成為了祕魯的首任總統。這廣場歷史甚短，是一九二一年慶祝獨立一百週年而建。

已過中午，該進餐了。將美金換成祕魯錢幣索爾（Sol）來用，兌換率是一美元可換二・七五索爾。身上有了錢，就沿街注意哪家餐館的人多，食材應會較新鮮，同時再看立在門口的餐牌，問目前正在學西班牙語的先生，他半看半猜，總能猜出個大意。餐牌上大大的阿拉伯數字九索爾，不用猜，我們一看就懂。不敢相信，有湯、前菜及主菜，折合約三美元，這大概是自由行的好處，可選自己中意的餐館。迫不及待點了美名遠播的塞維切（Ceviche），這浸過檸檬汁的生魚，已有煮熟的口感，卻仍具生鮮的彈性，入口滑嫩，一吃難忘。弟弟當場就說，晚飯在旅館附近的餐館吃時，還要點它！

晚上，詢問旅館的櫃檯服務員哪家餐館好吃？找到後，一坐定，侍者奉送一小碟炸過的玉米粒，香酥可口，吃了還想再吃，真好，還可續加。調皮的弟弟，給它取了個外號——蛀牙，聽來噁心，倒也有幾分貼切。我們除各自點了餐外，還點了份拼盤。有生魚、海鮮炒飯、炸雞塊、還有用馬鈴薯泥內塞肉捲成的傳統料理Causa。

弟妹催我們快點吃，好去看水資源公園裡的魔幻水舞表演（Circuito Magico del Agua）。這景點隔住處很近，步行可達。人如潮水般，入口處還有小攤販賣吃食，好熱鬧，沒想到晚上竟有這麼多人來逛。一進去，我就驚呆了，燈光、音樂、噴泉、此起彼落的噴水柱，七彩水舞、觀光小電車、似白玉柱的迴廊、繞廊柱的九重葛……啊，夢幻似的美，幾疑置身歐洲，情調是那樣的浪漫，難怪，會有新人於夜間前來拍婚紗照。

第二天下午即搭乘遊覽巴士，前往下一站帕拉卡斯（Paracas）。一路遊玩，第十七天我們又回到了利馬。

在山區，我們吃山味，回到利馬，當然吃海鮮。呵，塞維切（Ceviche），久違了！旅館服務員告訴我們：「去Punto Azul餐廳，好吃又不貴，正午十二點開門，最好早半個鐘頭去排隊，以免沒座位，得久等。」

這棟白色牆面，搭配藍色窗櫺的餐廳，給人很希臘的感覺。我們點了塞維切（Ceviche），綜合海鮮（Mixto），海鮮濃湯（Parihuela），海鮮炒飯（Chaufa de Mariscos），這炒飯邊上還擺放了兩顆醒目的干貝，中、秘菜餚混搭式，挺對胃口。至於價格，因地段不同，比我們初次吃時要貴，折成美金約十~十五元一份，但這是觀光區，價位應算合理。待旅程結束，回到我們所住的新墨西哥州時，不靠海，要吃，比這兒貴，還壓根兒就吃不到這麼新鮮的海產。

這次住在城的另一邊，可就近遊覽Miraflores觀光區。這裡與廣場古城區的格調完全不同，新穎、現代化且濱臨太平洋，能觀賞到秀麗的海景。已不同上次~邊走邊品味古典，而是傾心感受海風吹拂、浪花拍岸與棕櫚樹搖曳的浪漫。愛情公園裡，有一對巨大男女的擁吻雕像和刻有拉丁美洲文豪名字的文學之牆。許多遊客拿起相機對著雕像猛拍，企圖把「愛」鎖進永恆裡。走到遮陽棚盡頭，憑欄臨崖遠眺，利馬，這「不雨城」，不因乾旱而枯萎，也許是有了海及這份「浪漫情懷」的滋潤，四處蔥翠喜人。

步下階梯，走進許多精品店座落於此的Larcomar購物區。買個捲筒冰淇淋，輕輕地舔上一口，過一會兒，再買杯咖啡，閒閒地喝上一口，享受在利馬的最後一日。微閉著雙眼，任海風拂面，利馬的古典與浪漫，此時，正水乳般交融於心間。

鳥島奇觀與納茲卡地畫

我們從利馬乘舒適的大巴士Cruz del Sur，沿著泛美公路南下，約三個半小時後到達二百四十公里處的漁港小村帕拉卡斯（Paracas）。天色已暗，就直接找到預訂的旅館住下。

次晨，天將破曉之際，被此起彼落的咯咯雞啼聲驚醒。這啼聲真是久違了，幾十年沒再聽過，感覺好親切，加上狗兒不甘落後的狂吠聲間雜其中，這份熱鬧，讓尚未醒透的我，幾疑置身於兒時鄉下。

來到碼頭，已有不少遊客排好隊，等著搭快艇出海到十八海哩外的Ballestas群島。這是全世界最壯觀的海洋生物棲息島嶼，與阿根廷的Perito Moreno大冰河，阿根廷—巴西的Iguazu大瀑布，並稱南美三大自然奇景。

我們依序坐上快艇，穿好救生衣，在萬頃碧波中乘風破浪，手握著相機興奮地四處張望，期待這由北島、中島、南島三個較大的主島和無數岩礁石所組成的Ballestas島立即出現眼前。

十分鐘後，快艇慢了下來，我們看到一處海岸山坡上，有個類似仙人掌卻被稱做蠟燭台（Candelabro）的地畫。它深深刻入沙丘，高約一百五十公尺，寬約五十公尺。從考古學的領域研究中，推測這地畫創作期間約是八五〇至一三五〇年前。那時祕魯印加帝國的社會並沒有這種於西班牙使用的蠟燭台，我想毋寧說它是沙漠中的仙人掌～印加族人崇敬自然的圖案較為恰當。

來此的遊客看到這圖案時，皆會興起疑問：究竟是誰所刻畫？為何而刻畫？為什麼歷經千餘年而不被風吹來的沙所覆蓋？這些謎團至今無人能解，於是就有人將其歸之於外星人的傑作了。

離開這兒，快艇朝外海全速前進，二十五分鐘後到達Ballestas群島。船速減慢下來，開始貼近並繞島而行。天空有一大群海鳥盤旋，島嶼峭壁上也滿佈密密麻麻的鳥兒，數量之多，教人看了頭皮發麻，有祕魯鰹鳥、鵜鶘、企鵝、印加燕鷗……等。這數量成千上萬，甚至更多，確切數字無人知曉。

看見企鵝，甚感吃驚，牠不是生活在寒冷地帶嗎？而這裡已近赤道。原來是有一股自南極來的冷海流經此而過，適合牠的棲息。在近處山洞下的海灘處，看見海獅懶洋洋地打著瞌睡，狀甚可愛。有的以鼻子對著天，一展牠的招牌姿勢，憨態可掬。

船穿梭於三個島與礁石間，我們忙碌地觀看奇景之變化。悠然自得的海鳥發出嘰嘰喳喳聲與海洋生物海獅、海狗等發出的嘶吼聲交相呼應，而灰藍的天空、墨綠的海水、翻白的浪花、褐赭的礁岩等不同色澤的層次組合，形成動靜相揉的大自然和諧畫面，令人嘆為觀止。

除了上述景觀外，還發現海水漲退潮的水線以上全是白色，那是長期鳥糞覆蓋的結果。可別輕看這鳥糞，古代印加人即知以物資與海邊居民換取它來當肥料，使得玉米與馬鈴薯盛產，加速了印加帝國的農業發展。十九世紀中葉，產量達到巔峰，每年出口約四十萬噸，引起西班牙的覬覦，還於一八六四年發動鳥糞戰爭，不惜付出性命意圖爭奪，結果卻是無功而返。現祕魯政府每隔幾年發包一次，讓得標的肥料公司上島採收以作農肥，成為國家重要的經濟來源。

之後，快艇以四十海哩的全速前進，半個鐘頭左右，將尚在視覺震撼中的遊客們送回了碼頭。

我們接著去帕拉卡斯國家公園，參觀生態博物館。館內除了介紹這一帶的生態系統，還介紹沿海的地質與板塊構造。出了館，我們去海邊懸崖，看連綿不斷的海岸線、一波波洶湧的浪花及紅色沙灘，風景好美。中午就在那裡的海鮮餐廳，大啖海鮮，飽滿滋潤的干貝，入口豐腴彈牙，好吃極了。

下午六點續搭乘Cruz de Sur巴士前往納茲卡（Nazca），住一宿，第二天去看馳名於世的納茲卡地線（Nazca Lines）。它是由美國考古學家保羅柯索科（Paul Kosok）於一九三九年發現的，且於一九九四年被聯合國錄入世界遺產。

納茲卡高原是一個荒涼乾燥、土壤貧瘠的荒漠地帶，方圓約二百平方英里。在此高原的地面上可看見許多的線條，即納茲卡地線，而這許多線條非得從高空飛機上往下俯視，方能看出端倪，實際上它是一些巨畫的輪廓線。專家們檢視了鑲嵌在線條上的陶器碎片，並且對這兒出土的文物進行碳十四測量，結果證實，納茲卡遺跡年代十分古老，大約在二千年到二千六百年前，而這些線條可能更為古老。越來越多的科學家開始考慮這些巨畫可能是史前文明的遺跡。可是那時沒有飛行器，這些圖案是怎麼產生的？

巨畫主要是動物和簡單的幾何圖形，不過形體都非常龐大驚人。蜂鳥身長五十公尺，蜘蛛身長四十六公尺，兀鷹長達一百二十二公尺，蜥蜴身長一百八十八公尺等，規模如此宏大，不知在幾千年前，他們如何用一根連綿不斷的線條，創作出精確度令人不可思議的地畫？用意為何？見解莫衷一是，包括有太空船導航、太空船跑道、印加帝國的道路、宗教朝聖路線、大建築廢墟、天體觀察等說法。考古學家保羅柯索科認為，這極有可能是古代巨大的天文圖，用來指示日月星辰的位置，不過立刻遭人反駁。還有人說這是外星人參觀地球而留下的入口標誌。總之，研究至今，這些林林總總的說法，都未能有一個讓人滿意的答案。

要看地畫，飛得搭乘小飛機不可。雖然耳後已貼好防暈的膠布，心裡依然害怕小飛機的擺盪，不過既然不遠千里而來，豈能因害怕而錯失親見地畫的機會？於是懷著一探神祕的心，硬著頭皮坐上了小飛機。

前面坐了正、副駕駛，我們四人連同另一位不認識的遊客分坐後面三排並戴上耳機。飛機越過綠色的農作區及起伏的沙丘，進入了一大片土黃色的荒漠，地上開始出現一些縱橫交錯，如道路、如溝壑的線條。機長以兩邊機翼為支點，輪流側向兩邊，朝下方大幅度傾斜，並透過耳機告訴我們望向幾點鐘的方向，可看見什麼樣的地畫。嘈雜的飛機聲，我根本聽不清耳機傳來的指示，十幾幅地畫~魚類、藻類、螺旋形、鬣蜥、猴子、蜂鳥、蜘蛛、蜥蜴、兀鷹、鷺、狗、手、花、樹木等，僅看出幾個明顯的而已，其餘的一概不明，加上一會兒左、一會兒右、上上下下大幅度的傾斜擺盪，讓我的五臟內腑在翻攪，忍了又忍，結果還是趕緊拿出機上供應的塑膠袋，埋頭大吐，心裡直想~為什麼這防暈的小貼布竟會無效？這航程什麼時候結束？

半個鐘頭後，小飛機降落，啊，這腳踏實地的感覺真好。回首蒼穹，覆蓋今塵的藍天，即使白雲蒼狗變幻，當年它亦曾默默地覆蓋著古老的納茲卡地畫，能告訴我這中間究竟發生了什麼變化？為什麼一千五百年前納茲卡族會離奇消失，從人間蒸發？

曾有英國科學家發表研究指出，很有可能是因納茲卡族人濫砍樹木，破壞生態環境，加上碰上聖嬰現象的大洪水，於是該族人連同文化悉數滅亡。今昔相較，現代不也有許多人為了農耕清地，而忽略了水土保持？

觀看納茲卡地畫之餘，不禁聯想起其種族之滅亡，心惶惶然，我們焉能不從中汲取教訓，引為殷鑑？

語言文學類　PG2073　北美華文作家系列23

花開蝶自來：雲霞文集

作　　者 / 雲　霞
責任編輯 / 杜國維
圖文排版 / 楊家齊
封面設計 / 王嵩賀

發 行 人 / 宋政坤
法律顧問 / 毛國樑　律師
出版發行 / 秀威資訊科技股份有限公司
114台北市內湖區瑞光路76巷65號1樓
電話：+886-2-2796-3638　傳真：+886-2-2796-1377
http://www.showwe.com.tw
劃撥帳號 / 19563868　戶名：秀威資訊科技股份有限公司
讀者服務信箱：service@showwe.com.tw
展售門市 / 國家書店（松江門市）
104台北市中山區松江路209號1樓
電話：+886-2-2518-0207　傳真：+886-2-2518-0778
網路訂購 / 秀威網路書店：https://store.showwe.tw
國家網路書店：https://www.govbooks.com.tw

2018年9月　BOD一版
定價：380元

國家圖書館出版品預行編目

花開蝶自來 : 雲霞文集 / 雲霞著. -- 一版. --
臺北市 : 秀威資訊科技, 2018.09
面； 公分. -- (語言文學類 ; PG2073)
(北美華文作家系列 ; 23)
BOD版
ISBN 978-986-326-588-7(平裝)

855 107012938

讀者回函卡

感謝您購買本書，為提升服務品質，請填妥以下資料，將讀者回函卡直接寄回或傳真本公司，收到您的寶貴意見後，我們會收藏記錄及檢討，謝謝！如您需要了解本公司最新出版書目、購書優惠或企劃活動，歡迎您上網查詢或下載相關資料：http:// www.showwe.com.tw

您購買的書名：______________________________

出生日期：________年________月________日

學歷：□高中（含）以下　□大專　□研究所（含）以上

職業：□製造業　□金融業　□資訊業　□軍警　□傳播業　□自由業

□服務業　□公務員　□教職　□學生　□家管　□其它_____

購書地點：□網路書店　□實體書店　□書展　□郵購　□贈閱　□其他

您從何得知本書的消息？

□網路書店　□實體書店　□網路搜尋　□電子報　□書訊　□雜誌

□傳播媒體　□親友推薦　□網站推薦　□部落格　□其他__________

您對本書的評價：（請填代號　1.非常滿意　2.滿意　3.尚可　4.再改進）

封面設計____　版面編排____　內容____　文／譯筆____　價格____

讀完書後您覺得：

□很有收穫　□有收穫　□收穫不多　□沒收穫

對我們的建議：______________________________

____

____

____

請貼
郵票

11466
台北市内湖區瑞光路 76 巷 65 號 1 樓
秀威資訊科技股份有限公司 收
BOD 數位出版事業部

（請沿線對折寄回，謝謝！）

姓　　名：________________ 年齡：________ 性別：□女　□男

郵遞區號：□□□□□

地　　址：________________________________

聯絡電話：(日)________________ (夜)________________

E-mail：________________________________